霽《せい》月《げつ》記《き》

「風の盆・越中おわら節」起源異聞

東出甫国

郁朋社

霽月記／目次

装丁／根本比奈子

霽月記《せいげつき》

――「風の盆・越中おわら節」起源異聞――

橋

「長兵衛さん、ありがとう。もうここでいいわ」

「へい、でも大丈夫でございますか、今夜はおそくなりましたし、橋の上には人通りがございませんようで」

「大丈夫ですよ、お空は満月ですし、橋を渡ればすぐお屋敷ですから。それよりも、長兵衛さんこそ、お身体に気をつけてくださいよ。だいぶ寒くなってきましたからね」

「へい、ありがとうございます。お師匠さんには、いつもこの爺を気にかけてくださって、もったいない、もったいない」

「いいえ、いつも送っていただいて、お礼を言わなければならないのは、わたしの方です」

「とんでもねえです」

時は元禄、加賀藩、金沢の城下を流れる犀川《さいがわ》の大橋のたもとに、今日の出稽古を終えた三味線と唄の師匠、巳乃吉《みのきち》が、長兵衛を伴ってさしかかっていた。

長兵衛はこれまで照らしてきた提燈の火をもうひとつの提燈に移し、巳乃吉に渡した。

「それでは、くれぐれもお気をつけてくださいませ」

「ありがとう、では、長兵衛さんもお気をつけて」

巳乃吉は、長兵衛にすこし腰をおり一礼をすると、きびすを返し、夜陰に菊の香がただよう橋を渡りはじめた。

いつもは、町の商家の娘に三味線を教え、おそくとも暮れ六ツ（午後六時）にはこの橋を渡るのだが、今日は主人の誘いで、店の暖簾がおろされ、勘定が締め終わる時刻まで居残り、家族と夕餉の膳を共にしてきた。

川波が静かな音をたてている。秋の川風がすこし美酒の入った頬にここちよい。はるか川上には、山々が濃紺の稜線をうっすらと浮かべている。その山裾から、三つの丘陵、台地が平野にのび、その狭間を二つの川が流れ、日本海にそそいでいる。お城は真ん中の台地の尾にある。いま渡っている犀川は、お城のある台地と南の台地の間を流れている。橋は城下の平地を縦断する街道上にあり、巳乃吉の住む屋敷は、橋を渡ってほんのすこし上流へのぼった、台地の崖下の川辺に沿った細長い平地の一角にあった。

――おやおや、長兵衛さんの言うとおり、今夜はどなたも歩いていない。もっともこんな時刻だからむりもないけど。それにしても、長兵衛さんは、あまりお身体の具合がよくないようで、お気の毒。これからは、おそくならないように気をつけなければ。

巳乃吉は心のなかでつぶやいた。

長兵衛は、巳乃吉の今日の出稽古先である裕福な商家、上菓子店「橘風堂《きっぷうどう》」につかえる下僕である。

巳乃吉が出入りしてから、もう五、六年になるが、帰りがおそくなった夜は、決まって送ってきた。そして、たいがい、この橋のたもとで別れるのが習慣になっていた。巳乃吉はいつも、橘風堂を出てこの橋につくまで、長兵衛のとつとつと語る世間話に、耳をかたむけながら歩くのだが、この長兵衛とのひとときが、気を張りつめた出稽古のあとの開放感を、さらに豊かなものにしていた。

その長兵衛もこのところめっきり老いた。夜風が身に沁みるだろう。ましてや秋の川風などにできれば当たらせたくない。そんなことを考えながら橋の途中まできた。

ふと、先を見ると、黒い塊《かたまり》が、川下側の欄干のひとつをおおっている。目を細めてよく見ると人のようだ。誰かいるらしい。欄干に寄りかかり川面を見つめているようだ。男である。侍のようでもあるが、身につけているのは、腰の脇差だけで、刀が見えないのは解《げ》せない。川に落としてしまったのだろうか。いくら夜道とはいえ、そんな愚かな侍などいるはずがない。それにしても、やっと立っているように見える。酔っているのだろうか。巳乃吉の足が止まった。

――引き返し、誰かほかの人が通りかかるまで、橋のたもとで待とうか。とはいってもこの時刻では、人が通りかかるのは、いつになるかわからない。されば、そんなに遠くへはもどっていないはずの長兵衛さんに同行をたのもうか。あの律義者の長兵衛さんのことだから、ひょっとして橋のたもとにまだいるかもしれない。

そう思いながら振り返ると、橋のたもとの柿の木の下あたりに、小さな灯りが見える。

――長兵衛さんだろう。もどってこのことを話せば、まちがいなく長兵衛さんはいっしょに渡ってくれるだろう。だが、もしものことがあって巻き添えにしてはお気の毒だ。さて、いったいどうすべきか。

巳乃吉は頭のなかで、いろいろと算段をめぐらしながら、一方で男の仕草を注意深く観察した。男は、まだ巳乃吉に気づいていないようだ。それにしても、どうも様子がおかしい。

さらに眼をこらして見ていると、その塊が動きはじめ、そのまま、欄干に一方の足をかけ、またぎかけた。川へ飛び込もうとしているらしい。巳乃吉が、一瞬、声をかけようとしたそのとき、落ちるべきその身体より先に、胸元から、身につけていたなにかが落下した。そして、水面をたたきはねる音が、ふたつした。ともかく、身投げならば思いとどまらせねばならぬと、巳乃吉が足を先へ進めようとした矢先、男は欄干にかけた足をもとに引いて、その場にくずれ落ち、欄干の支柱を抱えたまま動かなくなった。

男のいるところは、橋の真ん中ではない。四分の一、向こう岸に近いところである。だが、そこが川面の一番黒々とした、深く、流れの速いところであることは、日頃の往来からわかっている。

――飛び込むおつもりだったのか。多分そうにちがいない。

巳乃吉はこれまで、何度か死のうとする人を見てきた。川に飛び込もうとする者を、その寸前で、身体を張ってとめたこともある。ただし、その相手はみな女である。男の身投げなど見たこともない。ましてや侍である。自刃という手段がありながら身を投げようとは、よほどのことであろう。男といえども気弱になっているにちがいない。近づいてくる女に気づいたところで、よもや殺《あや》めにかかることはあるまい。幸い見たところそんなに大きな男ではない。ひょっとすると、男はまた思い直して、川へ飛び込もうとするかもしれない。これらのことが、わずかの間に、巳乃吉の脳裏をかけめぐった。

――驚かせてはいけない。狼狽させてはいけない。ここは静かに近寄ることだ。もはやなんの恐れもなくなった巳乃吉である。ただ無心に、この男を、暗闇の世界から、一刻も早く脱出させることしか頭になかった。巳乃吉は、提燈をその場に置き、音を立てないように十歩ほどあとずさりした。驚かせないためには、鳴物は遠くから徐々に聴かせることだとの直感が働いての所作である。一呼吸おいて、小さく三味線をつまびいた。それからすこし間をとってからゆっくりと唄いはじめた。

菊の香りの　ただよう橋を　渡る浮世の　うれしさよ
清き山より　いただく水を　汚《けが》すことなく　海へ遣《や》る

天空の満月にまで届きそうな、透き通った、高く、ゆったりとした唄声が、水音を伴い、静かに奏でられる三味線の音に、着かず離れずの間合いをとって、秋冷の橋の上に流れた。そして、つまびき、唄いながら提燈のところまでくると、提燈をひろい上げ、三味線をとめ、唄だけをつづけながら男に近づいた。

男川なる　犀川なれば　岸に打たれど　音をあげぬ

男は、まだ欄干の下にうずくまっていた。近づく巳乃吉を見ようともしない。

「いい月夜だね。きれいだね。山も川も、お城下も。ほら、欄干だって。しっかりおし、さあ、立って。まいりましょうか」

男は、巳乃吉に静かに諭され、なんの抵抗もなく腰を上げた。まちがいなく侍である。顔を起こしたものの、伏せた半眼には力がない。提燈を近づける。さほど悪でもなさそうだ。むしろ人の好さそうな、色白で面長の面容をしている。横にまっすぐの両眉が、端の方で下に向いている。苦悩のせいか口元がすこしゆがんでいる。巳乃吉は、ひと目で、そこそこの身分であることを見抜いた。歳ならば三十前後といったところであろう。

「灯りをもってくださいな」

巳乃吉は男に提燈を渡した。

男は言われるままに右手で提燈をうけとった。同時に、だらりと下げた左手の指先は、巳乃吉の右手の指に捕まえられた。これで男の両手がふさがった。巳乃吉は、小脇に三味線を抱えたまま、平然と唄いながら橋を歩んだ。

男は「かたじけない」とひと言、か細くつぶやき、なされるがままについてきた。

橋の真ン中　手に手をとれば　お月さまこそ　まぶしかろ

橋の片方のたもとでは、もしものことを思い、長兵衛が柿の木の下で、提燈の灯を隠すようにして、たたずんでいた。もちろん、橋の上で、いましがた、なにがあったか、知るよしもない。だが、遠目はもう利かなくなっていたが、巳乃吉の三味線の音と唄声は、やや遠くなった耳にもしっかりと届いていた。

——無事に渡られたようだ。さすが巳乃吉姐さんだ。今夜のお空のように朗々とした澄んだ好いお声だ。芸妓の頃は、その艶姿とともに、三味線、唄、踊りとも当代一と城下に鳴り響いただけのことはある。その巳乃吉姐さんにとって、今夜は特別の日だ。橋を渡りながら昔を偲び唄っていたのだろう。橋の真ん中で歩みをとめられたのは、きっとお月さまを見て泪を流していたのであろう。無理にお供を申し出なくてかえってよかった。

長兵衛は、以前に巳乃吉からもらった手拭を懐からとりだし、泪をぬぐい、ようやくきびすを返した。人影が消え、橋だけが残された。空では、山風に吹かれた一群の薄雲が、ゆっくりと、満月をよこぎっていた。

川べりの道に沿って、巳乃吉の屋敷の竹を組んだ塀がつづいている。質素な門をひとつ構えている。門の手前で巳乃吉が合図の一節を唄うと、若い娘が手燭をかかげ近づき、門の錠《じょう》を開けた。娘は驚いたようにふたりを見つめた。男は、巳乃吉の指を離れ、巳乃吉のうしろに立っていた。

「お客さまだよ。今夜は離れの書院の間で休んでいただきますから」

「はい、すぐ準備をいたします」

門をくぐり、右に折れて玄関まで、黒っぽい小石が敷いてある。この小路の向こう側には、低い生垣が構えている。そのまた向こうは庭園である。そして庭園は奥の崖下までひろがっている。

「お豊、お床のまえに盥《たらい》にお水を」

「はい、ただいま」

巳乃吉は、男が長時間歩きつづけてきた証《あかし》である白足袋の汚れや、袴の裾《すそ》からのぞいた脛《すね》の汚れを、見逃していなかった。男は、玄関の式台に腰をおろし、背筋を伸ばし、こぶしを握っている。さすがに若い小娘のまえでは、あのような哀れな恥ずかしい姿は見せられない、との思いが働いたのか、ふつうの侍姿にもどっていた。

「かたじけない」

「ご縁ですよ」

足元を洗い、水をぬぐって玄関間に立った男を、巳乃吉は普通の客を迎えるように丁重な態度でもてなした。そして、母屋の廊下をみちびき、渡り廊下を越え、離れの書院の間へ案内した。

書院の間では、お豊が床を敷き終えていた。

「お話は、明日にでもうかがいますわ。今夜は、ここでゆっくり休んでください。あとで、お湯と軽いものを用意させせますから」

男は、両手をついて巳乃吉に向かった。その顔はいくらか精気をとりもどしていた。

「どなたさまかは存じませぬが、かたじけのうござる。それがしは、村山文左衛門《むらやまぶんざえもん》、いや、本日からは、杉田文左衛門と申す者」

「そうそう、お名前だけは聞いておかなくちゃ、文左衛門さま。わたくしは巳乃吉と申します。ではごゆるりと」

巳乃吉は、行燈《あんどん》の灯をたしかめると襖《ふすま》を閉め、書院の間を出た。そして、渡り廊下を越えると、大きく一つ息をした。

――無謀かもしれないが、こうする以外になかったことは、まちがいない。こういうとき一番大事なことは、腹を据えること。そして用心と覚悟を両手にしっかりと握ること。

そう自らに言いふくめた。

巳乃吉はお豊にいくつかの指示を与えると、奥の部屋に入った。仏間つづきである。お豊が用意した行燈が、ほのかに部屋を照らしている。仏壇の扉を開け、蝋燭に火をともすと、数珠を手にし、中央に立てられた位牌に向かって手をあわせた。そして、いつもより大きめにお鈴《りん》を鳴らした。その音が離れの書院まで通ったことはまちがいない。

長く尾をひいたお鈴の音が消えると、もう一度手をあわせ、目を閉じた。そして中央の位牌に向かい、いつものように今日あったことを報告した。

――久悦《きゅうえつ》さま、今日は祥月命日ですね。早いものであれからもう一年。今夜は橘風堂の泰州《たいしゅう》さまが、わたくしやご家族とごいっしょに、あなたさまを偲びたいとのことで、夕餉を頂戴してまいりました。あなたさまと泰州さまは大の仲良し。お菓子の新作ができるたびに、このお屋敷を訪ねてこられ、お庭の茶室で、にこやかに談笑していらっしゃったお顔がいまも目に浮かびます。そうそう、お千代さん、ご家老さまのお屋敷へのご奉公が決まったそうですよ。それはもう、お父上の泰州さまもお内儀さまも大喜びで、わたくしも三味線を教えた甲斐があったというもの。近頃は、娘さんたちをお武家さまのお屋敷へご奉公させたいと願う親御さんが多くなりまして。そのため、お琴や三味線といった芸事を仕込みたいとのことで、こちらにもご依頼がずいぶんふえました。どなたも、いつかは玉の輿を、とお思いなのでしょう。なかなか叶わぬことですのに。それにひきかえ、わたくしなどだいそうな玉の輿。あらあら、ほんとうですよ。久悦さまのお蔭で、楽しい日々をいただきました。思い起こせば、はじめてお逢いしたのが、わたくしが二十四、久悦さまが四十のときでございました。歳月のたつのはほんとうに早いものですわ。もうかれこれ、一昔、十年ですよ。あれあれ、お話の道が逸れたようですね。もう一度、お話をもとにもどしましょう。橘風堂のお千代さんは利発でお美しゅうございますから、すぐに良いご縁が舞い込みますことでしょう。長兵衛さんも、世間ではもっぱらそういう噂だとおっしゃっていましたわ。長兵衛さんは今夜も橋のたもとまで送ってくださったのですよ。久悦さまのご生前、橘風堂さまからの帰りがおそくなりそうなときなど、いつも、このお屋敷まで、ご連絡に走ってくださって。そのころげ込む姿が、なかなか愛嬌があっておもしろいと、ついつい書院まで上がらせ、おふたりでお茶を召し上がりながら、楽しくお話などなさったとおっしゃっていましたね。そして、久悦さまは、わたくしの帰りがおそくなった夜はいつも、こちらの橋のたもとまで、迎えに出てくださいました。それを長兵衛さんはご存じなものですから、わたしが向こうのたもとでお礼をいうと、にっこり笑ってうなずいていたものです。でも、あなたさまとのことは、いまとなっては、もう楽しかった思い出になってしまいました。

巳乃吉は数珠の手をすりあわせた。

――ところが今夜に限って妙なことが起こりまして。ええ、その橋の上で。

「ごめんください」

障子の向こうで声がした。

お豊が就寝の挨拶にきたのだ。書院の間の灯りが消え、客は就寝したようだという。巳乃吉は、ひとつねぎらいの言葉をかけ、今夜は、玄関横にある女中部屋の鍵をしっかりかけるよう注意し、お豊をひかせた。

外では少し風が出てきたようだ。ひょっとすると明日は雨になるかもしれない。幸い、明日は稽古のない日だ。いつもはゆっくりできるのだが、今夜のことがあったからそうはいかないかもしれないと巳乃吉は覚悟した。

——妙なことなんです。

巳乃吉は、久悦へ、今夜、橋の上で起こったことの一部始終を語った。

風が強くなってきたのか、障子がすこし音を立てた。蝋燭の火影《ほかげ》が幽かに揺れた。

——そうね、こうして落ちついてみれば、今日は久悦さまの命日。こんな日に、それも突然お亡くなりになられたのと、ほぼおなじ時刻に、あのお侍さんと会ったということは、なにかのめぐりあわせ、ご縁ですよね。

巳乃吉は、自ら大きくうなずいた。そして、合掌したまま深く一礼をすると、数珠をはずし、蝋燭を手にとり、片方のてのひらで小さな風を起こし、火を消した。残りの煙がただよい消えた。雨戸を閉めようかとも思ったが、もうすでに大半はお豊が閉めてくれていたので、音を立てることをはばかり、やめることとした。そして、枕屏風と衣桁《いこう》を手前によせ、帯を解いた。

――もしものことがあったって、愛しい久悦さまのところへ逝けるだけ。わけありの可哀相な侍一人、なにを怖れることがありますものか。

いまになって思い起こせば、大胆とも思える大橋での行動も、この覚悟があってのこと、それが自分をしっかりと支えていたのだと、巳乃吉は、眠りに落ちる胸のうちで、いまは亡き、夫・久悦に感謝した。

山からの風が一団の川風となって町に吹き込む頃、長い一日を終えたこの屋敷の女主人を、やさしく癒すように、満月が静かに厚い雲間に消えた。

鍵

書院の間の行燈の灯を落とした文左衛門であったが、むろん、眠れるはずがなかった。ここ数日のことが、閉じた瞼の下で走馬灯のごとく過ぎていく。冴えきった頭の中に、この日の昼間の怒号がよみがえってきた。場所は村山家の大広間である。

「なんたる失態、藩士の風上にもおけぬ」

「名折れ、名折れじゃ、初代さまの頃より、戦場で刀傷を負いながらも、数々の戦功をあげてきたこの村山家一族にとって、とりかえしのつかぬ汚点だ。うんん、名折れじゃ。悔しいのう」

「この不始末をなんとする。ご先祖さまに申し訳ないと思わぬか」

「よくぞおめおめと、この屋敷へもどってこられたな、汚らわしいわ」

「まちがいなく失職よな」

「失職だけでは事はすまぬわ」

「そこもとは、以前から酒が過ぎると思うておった。この村山家筋には、度が過ぎるほど酒をあびる愚かな者など、おらぬはずだが」

「どうせ杉田の血筋だろう。いまは亡きお父上の佐久平どのも、酒豪だったからな。与力の家柄から、格上の平士《へいし》の村山家へ婿入りできたのは、そこもとの才覚を見込んでのこと。まさか酒でこのような大失態を演じるとは、思うてもおらなんだわ。たわけな、実に情けない。そうであれば、はじめからそこもとの婿取りなど、兄上に推挙するんではなかったわい。悔やまれることよ、兄上、あいすまぬことで」

「いまさら言うてもはじまらん。昨日、若年寄の島田さまに平にお詫び申し上げ、なんとか閉門だけはお赦しいただいた。もし閉門ともなれば門に竹矢来《たけやらい》が組まれ、昼夜分かたず監視人が立つ。出入りもままならぬ」

「怖ろしいことじゃ。そもそも兵庫どのは婿どのに甘うすぎる。今回の不祥事は、なによりも村山家にとって不名誉なこと。これまでの村山家代々の、並々ならぬ藩へのご奉公に免じ、なんとか閉門はお赦しをいただき、今日の収まりをつけていただいたが、これからが正式なお裁き。何かの拍子でどう蒸し返され、重罪に変わるかわからぬ」

「自刃せよとは申さぬ。こんな愚かなことが原因で自刃されては、かえって迷惑というもの。ともかく、こちら側から、すばやく、なんらかの意志をご家老さま方にお示ししなければ、あとあと一族郎党まで類を及ぼすかもしれぬ、急がねばならぬ」

「いかがいたす所存か、文左衛門どの」

村山家の大広間で、義父の村山兵庫を上座に、村山家ゆかりの面々が集まり、評議をしながら待ちかまえていたところへ、文左衛門が重い心身を引きずり、城より帰り着いたばかりであった。面々はその文左衛門をとりかこみ、さっそく非難譴責《けんせき》の怒声をあびせたのであった。文左衛門はひたすら頭を畳につけ、平身低頭していた。

「離縁を願い申し上げます」

やっとのことで出た一言であった。

「もとよりじゃ」

兵庫の弟の五郎之介が、すかさず一喝した。

「それだけですむと思うてか」

あたりは、もっとも、との同調の空気で充ちている。面々の突き刺さる視線を、文左衛門は、背中で重くうけとめていた。次の言葉が出ない。しばらく間をおいて、文左衛門は平伏したまま、かたわらに置いていた刀を頭上に運び、中央にすわる義父のまえに差し出した。

「やむをえまい。藩を上げての吉事の最中に起こした失態だ。お役を退くうえに、藩士の身分をも返上せざるを得まい」

「それで、お許しいただければ、いや、なんとかお許しいただかなければなるまい。各々方、お帰り次第、八方手を尽くしてくだされ。この五郎之介からもお願い申す」

「文左衛門、これまで村山家のために尽してくれたことに礼を申す。しかし、この不祥事はなんとしても、そこもと一人限りでとめねばならぬ。悪く思うな。運よく、これで一件落着となれば、その子、松太郎と丈二郎はこの爺が面倒をみる。それでよかろう、いや、それがよかろう。明日、もう一度、若年寄さまにお目にかかり、この老いぼれの一命をかけてお願い申し上げるつもりだ。以上じゃ」

兵庫が一族の評議を終結する言葉を述べた。

「申し訳ございませぬ」

文左衛門はやっとのことで、最後の胆力をふりしぼって声を出した。

集まっていた者たちが、みな、憮然として部屋から退散した。ひとり残された文左衛門は、足音がひとつも聞こえなくなるまで、決して顔を上げなかった。眼のまえに差し出した太刀はもうない。一時の静寂のあと、襖の向こうの次の間から、微かなすすり泣きと嗚咽が聞こえはじめた。

「志津か、すまぬ。これもそなたの忠告を訊かず、ひとり深酒をした天罰よ。こうとなってはお義父《ちち》上のおっしゃるとおりだ。お任せするよりほかはあるまい。そなたにはずいぶん世話になった。よく尽くしてくれた。心より礼をいうぞ。そなたも達者で過ごされよ。松太郎と丈二郎をたのむ。お義母《はは》上にもよろしく伝えてくれ。たのんだぞ」

すすり泣きがやまない。いっそう大きくなる。

「くれぐれも達者でな」

文左衛門は、もう一度くりかえすと、廊下の方の襖を開け、妻・志津の顔を見ることなく、玄関へ向かった。途中、侍女が羽織を差し出した。文左衛門は裃の肩衣を脱ぎ、羽織をまとった。侍女が泪の顔をおおって伏せた。玄関先では、事の結末を知った小者たちが、地に伏したまま、黙って文左衛門を見送った。誰の眼からも泪があふれていた。

「世話になった、みなも、達者でいっそうのお仕えに励んでくだされ」

門を出ると、うしろで嗚咽とあたりかまわぬ号泣があがった。

いまとなっては、妻にしろ、供の者にしろ、近習者への別れの挨拶で時を費やすことは、さらなる未練をつのらすだけだ、と文左衛門は観念していた。子供たちにたいしても、おなじような思いであったが、文左衛門が最後の日のいっときを過ごした屋敷のどこにも、子供たちの気配はなかった。それは、義母の姿が見えないことから、たいがい察しはついた。情けない父親の姿など見せてはならぬ、と気の強い義母は、時を見計らって川向こうの実家へ、子供たちを連れていってしまったのだろう。

廊下での侍女の泪まじりでよく聞き取れなかった言葉が、それを暗示していた。堂々と供の者を引きつれ、馬に乗って凛々しく登城する父親の姿こそ、七歳と五歳になったばかりの男子の眼に、残像として焼きつけられるべき姿だと疑わない義母の、深慮から計った行動であろう。文左衛門にはそれがむしろありがたかった。父親をなじり倒す親戚の面々の罵声を、子供たちに聞かせたくなかった。実のところ、いましがたあの座敷の畳に額をこすりつけ、頭上から落ちてくる雷を一身にうけながら、その声を屋敷のどこかで聞いていると思われる幼いふたりの息子の顔を、瞬時思い起こし、罵詈雑言以上に耐えがたい苦痛を感じていたのである。

もう二度ともどることはないであろう村山家の屋敷を離れた文左衛門は、近くの浅野川《あさのがわ》の水辺に立った。そして山裾の義母の実家の方角に身体を向けた。

「松太郎、丈二郎、父がいなくても健やかに育てよ」

文左衛門は声を上げて祈った。

浅野川はお城のある中央の台地と北の丘陵の狭間を流れる川で、その清閑でたおやかな姿から、水量が豊かで雄々しい姿の男川・犀川と比し、女川と囁かれていた。

村山家へ婿に入って丸八年になる。この川とは朝な夕な慣れ親しんできた。川向こうの丘陵を前にした美しく見慣れた景色である。秋の日が河口の日本海へ落ちる夕刻を迎え、屋敷の長塀や樹木は、その影を際立たせていた。丘陵のところどころが色づきはじめ、いっそうやさしさをましたこれらの風景が、文左衛門を柔らかく包み、眼前のせせらぎが、この川の泪のように感じられた。惜別である。

文左衛門は、しばし、夕焼けを背にねぐらへ帰る鳥たちを見つめていた。

――さて、これからどこへ行けばよいのか。さしあたり杉田へ立ち寄り、母上や兄上にひと目あって、お詫びを申さねばなるまい。

下城の折、蟄居を申し渡されていたが、後々どんなお咎《とが》めを受けようと、藩士の身分を返上し、離縁された今の文左衛門にとっては、どうでもよいことであった。

屋敷町を東に向かった。ときおり、すれちがう人が怪訝な目つきで文左衛門を見た。文左衛門にはわかっていた。供を連れず、ひとりでの外歩きである。それも、腰に刀はなく、脇差一本である。そのうえ風もないのに鬢《びん》が乱れている。一見して異様である。

座敷で刀を差し出したのは、婿入りのときに、村山家代々伝わる名刀といわれ拝受したものであり、離縁となれば返却するのが当然と思い、そうしたまでのことである。その所作をここぞとばかりに、藩士の身分返上の意ととられてしまった。まえもって、座敷の面々の打ち合わせあってのことだろう。だが、そのときの文左衛門は、そんなことはどうでもよかった。とにかく疲労困憊の感が心身を襲っていた。一刻も早く独りになりたかった。解放されたかった。大広間から面々が引き払い、文左衛門が畳から顔を上げたとき、刀と引き換えに、紫の袱紗《ふくさ》に包まれたものが置かれていた。それがなにであるか、中身をたしかめなくとも、すぐにわかった。だが、それはそこに置いたまま屋敷を出た。村山家の楽ではない台所事情は、仔細に承知していたからである。

屋敷町から急な坂道をのぼった。柿の木が枝々に朱味をおびた実をつけている。お城のある台地に立った。左方には、藩老臣のお屋敷の長い土塀がつづいている。右方には、樹木の合間から、お城の搦手門の二重櫓と白壁とが見える。

「あそこも、もう、無縁のところか」

そっとつぶやいた。

坂上を左に折れた。土塀に沿った道を南東、すなわち山の方角に向かい歩みを進めた。だが、屋敷町は避け、裏道の林間を抜け、しばらくして芒の野原に入った。朽ち木が散乱し、狸や狐が出没するところである。文左衛門は芒を掻き分け、黙々と歩んだ。付き添ってきた月が、はるか向こうの南の台地の空に浮かんだ。中央の台地の端にたどり着いたのである。眼前は崖である。

一本の細い坂が、ふたつの曲線を描いてこの崖を滑りおりている。文左衛門は、子供の頃、この坂の上から崖下にひろがる町並みを見るのが大好きであった。というのも、文左衛門の生家が、豆粒ほどではあるが、はっきりと見えたからである。文左衛門は、崖っぷちに立ち、大きく深呼吸をし、思いきり息を吐き出した。そして、すべてを吐き出し終えると、ひさしぶりに呼吸をしたように感じた。すこし肩の重石がとれた。杉田家は近い。もうすぐである。あたりは、もう、ほの暗い。坂をくだった。

「文左ではないか」

くだりきって寺の前に出たとき、突然、山門の脇から老人の声がした。

「和尚さん」

声音でわかった。子供の頃の遊び場、正念寺の和尚である。和尚は文左衛門の姿を見て、すぐに、だいたいの事情を察したようだ。すぐさま、文左衛門の袖をつかんで、本堂の縁へと引き入れた。

「災難だったのう。身体は大丈夫か。巷《ちまた》ではそなたの噂でもちっきりだ」

お城でそれ相当の仕置をうけたと、和尚は聞いていた。その真偽をやんわりと文左衛門にたずねた。だが、文左衛門は笑いながら首を横にふった。安心した和尚はいったん厨房の暗闇に隠れた。そして、しばらくして、ふたたび現れたとき、両手に蒸かした芋と水をもっていた。文左衛門はうれしかった。そのやさしさにふれ、急に里心が湧いてきた。だが、和尚の言うもちっきりだという噂話は、心とは裏腹に文左衛門の足先をにぶらせた。

——杉田へは行かぬ方がよいのでは。それほど噂になっているのか。このような町はずれまでもう伝わっているのか。

思いもよらないことであった。刀をもささず、乱れた鬢で道を歩くこの姿を、在所の誰かに見られたら、また何を噂されるかわからない。また、夜陰にまぎれてこの姿で杉田を訪ねれば、年老いた母や家長の兄上とて、いたたまれないであろう。文左衛門は一椀の水をいただく短い間に、そう悟った。そして、心を決めた文左衛門は頃合いを見計らって、何度もこれからの行き先をたずねる和尚に、仮の宿を告げて、腰をあげた。

「文左、いつでも待っている。こんなぼろ寺でもよかったらな」

和尚は芋を両手でつかんで文左衛門の懐に押し込んだ。文左衛門は礼を述べ、頭を下げた。子供の頃、仲間といっしょにこの和尚にいたずらをしたり、悪態をついたことを心の中で詫び、山門をあとにした。

行き先などなかった。宿などなかった。嘘はつきたくなかった。だが、正念寺に寄ったことは、いずれ杉田の耳に入るはずである。いや、さっそく明朝には、この気の好い和尚から直接伝わることであろう。仮の宿を告げたのは、すこしでも杉田の人々を安心させたかっただけである。

寺の塀に沿って小川が流れている。藩が防火などのため、城下一帯にめぐらした用水である。その小川に沿って歩いた。子供の頃から知りつくした道であり、灯りがなくとも迷わずに歩くことができた。四つ辻に出た。左へ折れれば、凶作時の窮民を救うために、藩が造った「お小屋」と呼ばれる棟が建ちならぶ村に出るはずである。藩は窮民に衣食を与えたばかりではなく、自立のため、縄や草履を作らせ城下を行商させた。文左衛門は彼らになんども出会ったことがある。

「いずれ、かの身か」

気弱な思いが脳裏をかすめた。頭を二度三度ふって、そのまま反対の道をとった。

ほどなく老臣・安房守さまの別邸である川御亭《かわおちん》に出た。塀つづきの門の前には高張提燈が立ち、月見であろうか、酒宴のざわめきが聞こえてくる。侍たちが出入りしている。文左衛門は迷わず引き返し、田んぼの畦ともつかぬ小路を歩き、農家の脇を抜けた。やがて犀川に出た。無意識に川原におりた。一面に咲きみだれる野菊が、疲れきった文左衛門を迎えた。水際のやや大きめの石に腰をおろした。満月の明かりが川面を照らしている。この川べりで子供の頃、よく水浴び、小石投げ、魚とり、石堰《いしぜき》づくりをしたものである。幼馴染の、清太郎や、虎之助、竹蔵らの顔々が、大きな笑い声とともに浮かんでは消え、消えては浮かんだ。文左衛門の目に泪があふれ、一筋、頬を伝って流れ落ちた。あの忌わしき事件。思い出したくない事件であったが、ようやく悪夢から解放され、ただひとり月夜の川縁に落ちつくと、ここ数日のことが走馬灯のように脳裏によみがえってきた。

さかのぼること三日前。

文左衛門のお城での役目は、お土蔵番であった。その日、後番の勤めを終えた文左衛門は、帰宅すると裃を脱ぎ、内湯をあび、昼間の勤めの緊張をほぐし、疲れを流した。

風呂からあがると、さらに疲れを癒すうれしいものが待っていた。後番の日の晩酌のひとときは、なににもかえがたい楽しみであったが、この日はさらに、うれしさを二倍にも三倍にも膨らませるような吉事の酒樽が、村山家に届けられていた。

「奥井さまから届きました」

膳の横にすわっている志津が、文左衛門に告げた。

「おう、そうか」

「玉のお輿入《こしい》れでございますから、それはもう奥井さまも大喜びで」

「そうであろう」

奥井家は家老職に次ぐ人持組《ひともちくみ》の家柄である。当主、奥井紀十郎の息女・お藤が藩主の側室として迎えられ、ふたりの間に生まれた姫君が成長し、このたび、他藩の藩主の子息へ嫁ぐことになった。今日は姫君がお城を出立する日であった。文左衛門もこの朝、その御駕籠の出立を陰ながら見送った。さすが、藩主の寵愛する側室との間に生れた姫君の行列である。文左衛門がこれまで見たこともないほど、立派な供ぞろえであった。

「この村山家は奥井家とは浅からぬ縁があって、お義父上もよくよく親しくしていただいているようだな」

「ご先祖代々でございます。長篠の合戦の頃からだそうです。なんでも奥井さまの初代さまが、不覚にも敵の一刀をあび、あわやというときに、村山の初代・重右衛門が駆けつけ、お救いなされたと、子供の頃、叔父上さまからお聞きしたことがありました」

「それらしきことは聞いていたが、そういうことだったのか」

「それはもう、五郎之介叔父上さまが、ご自分がそのとき戦場にいらっしゃったかのように、お話するものですから、妹と目をまるくして、驚くやら笑ったりしたものですよ」

「お義父上は、そのような恩着せがましい話は、他人にはせぬお方じゃ。あの義叔父上《おじ》らしい話だ。それにしても奥井さまは律儀なお方だのう」

「ええ、お父上も昼間の酒宴に招かれ、上機嫌でお帰りなされ、もうお休みになられました」

「奥井紀十郎さまも、いまは御藤の方となられたお藤さまも、よくできたお方と評判だ。玉のお輿入れとはいえ、お藤さまにとってはたった一人の姫君、淋しくお思いであろう。松太郎、丈二郎もいずれ嫁をとらねばならぬ」

「まあ、なんと気のお早いこと、ほほほ」

「まだ、十年以上も先のことか、はっはっは。おお、そうだ、その祝い酒とやらを一献いただこうか」

「はい、すぐに用意させます」

文左衛門は、義父が婿にも話さぬ奥井家と当家の因縁話を、志津がいささか得意げに話すのを聞いても、別段、嫌な気はしなかった。というのも、聞きながら、格式の高い家柄間の、遠い昔の勇壮で重厚な出会いよりも、奥井家と自分との、ほのかな出会いの方が、よほど実のある出会いであると、内心、自負していたからである。もちろん、その話は誰にも語っていなかったから、また、格別他人に語るべき筋合いのものではなかったから、妻の志津が知らないとしても、なんの不思議もなかった。この際、志津の話に対抗して打ち明けてもよかったが、それは大人気ないことであったし、話のしようによっては、妻に吹き出されかねない性格のものであることを、文左衛門は心得ていた。酒を好み、酒に愛されてきた文左衛門にとって、祝い酒はこのうえないご馳走であり、また、その酒はさすがすこぶる美酒であった。志津と久しぶりにいろいろな話をした。ついつい自分たちの婚礼のときの話にも花が咲いた。夜が更け、ますます深まった。

「もうそろそろ、お止めになってはいかがですか」

「もう少し呑ませてくれ、遠慮はいらぬ。そなたは先に床へ」

「そうもいきません」

「かまわぬ、膳はひかせなさい。わたしは酒だけでよい」

「かなり入っていますよ。もう、お床に就かれた方が、よろしいのではございませんか」

「大丈夫じゃ。もうすこしじゃ、書も読みたい」

「お風邪などお召にならないように。寒くなってまいりましたから」

「ほんのすこしの刻だけだ」

「知りませぬよ。明日は早番ですよ。火の元だけはじゅうぶんご注意してくださいませ」

「心配無用じゃ、わかっておる」

文左衛門は、無理やり膳をひかさせた。そして、妻も。文左衛門はこの際、ひとりで呑みつづけ、遠い昔を偲びたかった。

表で夜回り番の拍子木が鳴った。文左衛門の部屋を残し、屋敷の灯が消えた。

——あれは、たしか、それがしが十三歳のときであった。

仲春の暖かい日差しが、緑の地上にふりそそぐ午後であった。いつものように、読み書きの書冊や文具を包んだ風呂敷包みを小脇に抱え、真祥庵の脇の小路をひとり歩いていた。真祥庵は慈悲深い尼僧が結んでいる庵である。低い垣根をめぐらした敷地の一角に、小さな庵があり、その庵と肩を寄せるように、宿房がそなえられている。この宿房では、城下の篤志家の支援を得て、飢餓や病、不慮の事故で親を失った童女たちが集められ、育てられている。

この日、文左衛門は、町屋街に入る手前の柿木畠《かきのきばたけ》にある、室生仲斎《むろうちゆうさい》先生の学問所での勉学を終えて帰る途中であった。庵の手前の庭は、元気な童女たちの遊び声で満ちあふれていた。垣根越しに、童《わらべ》たちにかこまれ相手をしている長身の若い女性が見える。髪を後頭部で結わえ、活発な童女たちに負けじと、明るく敏捷にふるまっている。

「いいわね、いくわよう、そうれ」

「わあい」

「おみよちゃん、おじょうずね。みんなもそのちょうしよ」

「はあい」

「そうれ」

「こんどは、おはるちゃん、投げてちょうだい」

「うん」

鞠遊びのようだ。女性は、お藤さまである。これまでもときおり、歩きながらこの道から遠くのお藤さまを見ていた。ほんとうは足をとめて見ていたいのだが、武士の子として、そんなはしたないことはできないと、いつも悔しい思いをしていた。それというのも、奥井家のお藤さまは、たいそう美しい人であり、やさしい心の持ち主だと、城下ではもっぱらの評判であったからである。

文左衛門は、三つ上の兄がその友人と、お藤さんは絶世の美人だ、と噂しているのをそばで聞いたことがあった。現に、こうして遠目で見ても、そのとおりだと思う。家老職に次ぐ高い家柄の息女にかかわらず、恵まれない子供たちに、自ら進んで慈愛の手を差しのべている。なんと貴いお姿なのであろうと、いつも感服していたのである。

そのときであった。境内から蹴りだされた鞠が、門近くの庭石に当たり、うまい具合に門の敷石をすべり、外にころがり出たのである。そこへ、丁度、文左衛門が通りかかった。すかさず四、五歩、鞠を追いかけ、鞠を捕まえ、門に向かい立った。

お藤さまが鞠を追いかけ、門から飛び出してきた。文左衛門には、すらりとした天女が突然舞いおりてきたように感じた。それとともに全身に緊張が走った。そして、鞠を手渡すときにお藤さまの指に触れはせぬかと気になった。むろん、触れないで渡す術《すべ》はなかった。小さな鞠である。お藤さまの柔らかな十本もの指で、文左衛門の手の甲の方から包まれた瞬間、思わず手をひいてしまった。それでも、鞠はうまくお藤さまのてのひらに納まった。

「ありがとう、文左どの」

お藤さまが満面の笑みで文左衛門を見つめた。細く長い眉がひろい額に伸びやかに走っている。細いながらも二重瞼のはっきりした目が涼しい。鼻筋が品よく通っている。面長のすこぶる美しい顔立ちである。噂のとおりである。その美しい口元から、お礼の言葉とともに、自分の名が発せられると、みるみるうちに文左衛門の顔は赤らみ、心は宙に漂った。

「礼には及びませぬ。ちょうど通りかかったものですから」

「学問所からのお帰りね」

「ええ。ですが、どうして、わたくしの名前や学問所のことをご存知なのですか」

「先日、柿木畠の仲斎先生がお父上のところへこられ、杉田さまの三兄弟はみな優れ者だと、感心されていました。なかでも真ん中の文左どのはとくに利発なお子だと。それに明るく素直で、なんといっても、ひょうきん者だって」

「ひょうきん者ですって」

思いがけない、ひょうきん、という言葉に、軽々しさを指摘されたとうけとった文左衛門は、少年らしく素直に反応し、気を落とし、眉を下げた。その表情に気づいたお藤さまは、すぐさま、文左衛門を喜ばせる言葉をつないだ。

「ええ。でもどうなさって。わたくしはひょうきん者が大好きですよ。青白い秀才より愉快な秀才が好きです」

文左衛門の顔は真っ赤である。鼓動が高まり、ますます顔が紅潮してゆく。大好き、という思いがけない言葉を聞いて、うれしさを通り越して、狼狽してしまった。それゆえ、冷静に対応する余裕が、まったくなくなってしまった。

「ひょうきん者って、わたくしのことですよね」

余計なこと訊いてしまった。言葉が出たあとすぐに、しまった、と思ったがもうおそい。なにもわざわざ確認すべきことではない。

「そうですよ、文左どののこと。ほかにどなたがいますか。ひょうきんな秀才って」

重ねて褒め言葉を聞き、文左衛門は、完全に舞い上がってしまった。全身汗だくである。この年頃の三、四年の歳の差は致命的である。完全に女性と少年である。

「おふじさまあ〜」

境内から、子供たちの呼ぶ声がいくつも届いた。

「はあい、いま、まいりますよ」

天国にいる文左衛門には、年端もいかない無邪気な童女たちの声が、地獄の鬼女たちの声に聞こえたのも無理はない。

「文左さん、またお寄りになってね。これからも立派に学問に励みなされ」

「はい」

「では、御免ください」

「お藤さまもお達者で」

「ええ、ありがとう」

鞠を抱え、子供たちの輪の方へ駆け寄るお藤さまの後姿を、文左衛門は恍惚とながめていた。そして、お藤さまがふたたびこちらを見そうになったとき、はっとして急いでその場を去った。帰り道、家までの間、何度も、いましがた交わしたお藤さまとの会話をくりかえした。ひと言も、ひと表情も、忘れまいと。

さて、それから数日というものは、お藤さまとの約束である学問に励むどころか、全てがうわのそらであった。ただただ、何度も山門の会話を心のなかでくりかえしていたのである。それも、ときおり、思わず声が出てしまうので、周りの者は文左衛門の頭の内をいぶかり、心配した。しかし、異変はしばらくしてぴたりと治まり、これまで以上に学問に励みはじめた。その後、帰路はすこし遠まわりをして、真祥庵へは近づかないことにした。含羞を意識した少年らしい配慮であった。

ひと夏が過ぎた。

秋に入ったある日、久々に真祥庵の前を通って内を眺めると、子供たちの輪の中にお藤さまの姿は見あたらず、別の女性が童女たちの相手をしていた。そしてやがて、兄から意外なことを聞くこととなった。お藤さまが、初春には藩主に召され、側室としてお城に入るとの噂である。そんなことであれば、もっと早く、真祥庵の道を採ればよかったと悔やんだ。

さて、そんなことを思い出しながら、みなが寝静まった屋敷の一室で、いまでも忘れてはいないお藤さまとの門前の会話を、くりかえし、悦に入っていた文左衛門は、あれやこれや、あることないことに想いがひろがり、目を通そうと開いた書物ははかどらず、やがて、夜が明けそうな時刻に近づいていることに気づいた。当然のことながら、祝い樽は、空とは言わないが、かなりの軽さになっていた。

夜が明けた。

朝方、文左衛門は、供の者を従え、馬上の人となった。供の者は、揺れるたびに主人が落馬しないか、気が気ではなかった。それゆえ、何度も馬上からおりてもらおうとしたが、馬上の人は頑としてその忠告をうけつけなかった。

城門を前にして、はじめて馬をおりた文左衛門は、供の手を借りながら、なんとかお土蔵番の詰所にたどりついた。そして、同僚への挨拶もそこそこに、廊下に腰をおろした。

好い天気である。北国にはめずらしい秋晴れが、広大なお城をすっぽりと包んでいる。庭では、植木職人が高白壁の下で樹木の手入れをしている。のどかな一日のはじまりである。

やがてそこへ、泊り番明けの同僚、高科助三郎が現れた。

「好い天気ですな、それがしは今夜も泊り番。これから屋敷へ帰ってひと眠りせねばならん。うらやましいことよ、文左衛門どの」

「おお、それはおいたわしい、それがしが代わってやってもいいぞ」

「そうはいかぬ。それ、お土蔵の鍵だ。鍵の引継ぎだ」

文左衛門は、すわったまま左腕をのばし、鍵をうけとった。

「おっ、たしかに。たしかに預かった。では、ごゆるりと」

「では、失礼いたす。匂うぞ、匂うぞ。おぬし、気をつけられよ」

「ありがたきお言葉、恐れ入りまする」

助三郎を見送りながら、文左衛門は袴の小脇に鍵を差し込んだ。そして、のっそりと立ち上がった。無論その身体はふらついている。そして、そのまま、庭で黙々と鋏を動かしている植木職人の方へ五、六歩近づき、声をかけた。

「いよ〜、精が出るな」

「へい、よいお天気で」

「今年は菊の花も見事じゃ。褒めてつかわすぞ」

「へい、ありがたいことで。ここの菊は早咲きで、大輪はこれからでございます」

「よいよい、菊にちがいはあるまい。よいよい」

年配の小柄な職人とのやりとりである。もうひとりの職人は知らん顔である。

「菊も見事だが、松の枝っぷりも見事じゃ」

「へい、松はいつものことで」

「そうじゃな、わっはっは。今日は一段と見事に見えるぞ、よろしい」

「へい」

「へい、ばかりじゃのう。そこは塀でなくて白壁じゃ。わっはっは」

酔っている。確実にまだ酒が残っている。

そのあとも、二、三言、植木職人に話しかけたが、ほとんど相手にされていないことにうすうす感づくと、重い上半身を支えながら、ふらふらともどり、縁に腰をかけた。早番のお土蔵見まわりには、まだ時間がある。詰所のなかではおなじ番の者が談笑している。いい気持ちだ。となれば睡魔が襲ってくるのは避けられない。ついつい眠りの中に落ちていった。

どれほど経ったであろうか。誰か、肩をたたく者がいる。「風邪をひきまするぞ」とひと言ふた言、耳元で告げ、文左衛門の身体を起こして去った。

それからまた、いくばくかの時が過ぎた。

「文左衛門、これ文左、起きろ、起きろ、見まわりの時刻じゃ」

眼をあけると、うっすらと、同番の飛田三右衛門の糸瓜《へちま》のような長い顔が眼前にあった。

「おお、そんな時刻か。どれどれ」

肩をすくめ、首を一度まわして、懐に手を入れた。そして、その手はすぐに袂に移った。すぐさま、脇の下へ。

——おや、おや。

ない。臍《へそ》、その上、その横、その下を手でかきまわす。ない、ない、ない。鍵がない、ない、ない、ほんとうにない。

「ない」

あたりを見まわすが、影形も見当たらない。

「ない、鍵がない」

「な、なんじゃと」

「助三郎どのから預かったはずの鍵がない」

「うむ、う〜ん、ないではすまぬぞ。よく探してみろ」

立ち上がり、袴をおろし、帯を解いた。ふるってみる、はたいてみる。なにも落ちてはこない。いそいで袴をはきなおし、紐を締めなおした。廊下の隅々を探す。縁の下を、あたりの地面一帯を、屈んだり、伏せたりして探す。が、ない。

三右衛門とておなじだ。探す、探す、二人して。

「おぬし、ほんとうに助三郎どのから預かったのか」

「そこまでは、しっかりとおぼえている。まちがいない」

ふたりの尋常でない声や様子に驚いて、詰所からおなじ早番のあと二人が出てきて、話を聞き、捜索に加わった。

やはりない。緊張感が最高潮に達した。

「文左衛門どの、ここ以外、どこかへ行かなかったか。たとえばじゃな、雪隠《せっちん》とか水場とかへ」

ひとりが、詰問した。

「行かぬ、行かぬはずじゃ、廊下を歩いた覚えはない」

文左衛門はかろうじて答えた。

「盗人か」

「そういうことは軽々しく言うものではない」

「これだけ探してないとなれば、そのことも考えねばならぬ」

「盗人からお土蔵の品々を守るのが、我々の役目じゃ」

「その我々が、鍵をぬけぬけと盗まれたとなれば、お土蔵番の恥じゃ、ただではすまぬぞ」

まわりの者が言い争っている間も、文左衛門は無言で、必死にあたりを探している。

「ともかく、お奉行さまに事実だけは報告せねばならぬ」

「左様、左様」

一人が袴の両裾をもち上げ、廊下を急ぎ足で奥へと消えた。残った三人は、もう一度丹念にそこらあたりを探しまわった。だが、無駄であった。

やがて、土蔵奉行の早田惣五郎が、怖ろしい形相をして、廊下の奥から現れた。

「まだ見つからぬか」

「ははっ」

「なんとしたことか、たわけな」

文左衛門を睨みつけている。文左衛門は、これ以上小さくなれないと思えるほど身を屈め、平伏している。

「申し訳ございません」

「謝ってもらってもなんともならん。それより、おぬしの周りにいた者は、誰だ」

「ははっ、……」

「ええぃ、遠慮はいらぬ。早う申せ、おぬしがこれまで会った者すべてじゃ」

「はっ、鍵を譲りうけました泊り番の高科助三郎どの、早番の飛田三右衛門どの。それから……」

文左衛門は、名前をあげられず、一瞬、ためらったが、ありのままを伝えることにした。

「……それから、居眠りをしていましたおり、どなたかお越しになられ、声をかけてくださったお方が……、申し訳ございませんが、どなたか覚えておりませぬ」

「たわけな、醜態じゃ」

「それがしが、一度声をかけました」

「それがしも」

期せずして、すっかり眠りこけてしまっていたことが、暴露されてしまった。土蔵奉行はその場で腕を組んで、へたりこんでしまった。しばらく考え事をしていたが、

「助三郎をすぐに登城させる。この座所にいたその方どもは禁足じゃ。一歩もこの場所を離れてはならぬ。それから、泊り番のあとの三人も呼びもどす。後番、小者、すべて集める。詮議じゃ」

と、命じたあと、

「やれやれ、鍵が見つからぬとなれば、監督責任上、それがしも罷免ものだ。ようやくこの職を手に入れたのに」

と、吐き捨てた。

「お奉行さま、朝方は庭に植木屋もいましたが、あの方たちもお改めいただいた方がよろしいかと存じます」

ひとりが冷静に進言した。

「よしわかった」

一端、土蔵奉行は奥へ下がった。残った四人は、しばらくひと言も口をきかなかった。

「おのおの方、あいすまぬ、このとおりだ」

三人とはすこし間を置いてひとりでいた文左衛門が、三人に頭を深く垂れて詫びた。だが、それに応える者は誰もいなかった。文左衛門はますますしょげかえってしまった。今後のことを案ずると生きたここちがしない。

無言のまま、長時間が過ぎた。

ぼつぼつと後番の者が顔を見せはじめた。あたりの異様な雰囲気に戸惑っている。そこへ、昨夜の泊り番の者たちも集まりはじめた。みな、寝込みを起こされ不服顔を隠さない。大勢が詰所にとどまり、声をひそめてなにやら話しあっている。文左衛門に声をかけようとする者などひとりもいない。

しばらくすると、土蔵奉行の惣五郎が現れた。そして、全員を三の間に集めた。

お土蔵番の面々が、惣五郎をまえにして並んですわった。こういう場合、いつもは前列中央近くにすわる文左衛門であったが、このときばかりは、一番後列、それもひとり離れてすわった。誰も文左衛門を前へと誘おうとはしない。序列を尊ぶ侍の社会では異例である。前列、真ん中あたりがぽつんと空いている。惣五郎が話を切り出した。

「我々お土蔵番の役目としては、あってはならぬことが起こってしまった。事の顛末は、おのおの方、すでに聞き及びのことと思う。まず、これからのことであるが、手分けしてもう一度、念入りに捜索し、なんとしても鍵を探し出さねばならぬ。若年寄の島田孫六さまは、この鍵のお土蔵の品々に、遺失、毀損が起きていないかと、ことのほかご心配なされておられる。みなも知ってのとおり、あのお土蔵には、藩主三代さま以来、日本国中に書物調奉行を派遣して集めた貴重な良書、たぐいまれなる諸資料、色紙、短冊の一部が納められている。なかには藩主じきじきに序や跋をお書きになられたものもある。ひとつたりとも、ないがしろにできぬものばかりじゃ。我々がもう一度探し、それでも埒があかねば、錠前と鍵を造った鍛冶屋を連れてきて、開けさせねばならぬ。それがだめなら、大工を呼んできて戸の錠前をこわさねばなるまい。明日は朝から書物奉行以下書物方総出で、書物改めを行うことになるであろう。今宵はそろって夜通しのお土蔵番じゃ。心得ておくがよい。文左衛門！　そちは四の間で控えておれ、いずれ沙汰が言い渡される。よいな。話はこれまでじゃ」

予備の鍵などというものはない。そもそも、誰かが必ず持参しているから、なくなるということはない、との前提で造られている。もし予備の鍵など造ろうものなら、その鍵の厳重な管理をしなければならない。無駄というものである。したがって文左衛門が失くした鍵は、唯一無二の鍵である。

お土蔵番たちは、それぞれ無言で散っていった。文左衛門は頭を下げたままである。残った惣五郎は、三右衛門を呼びつけ、なにやら耳元でささやいた。文左衛門を四の間に連れていって成さねばならぬことを、三右衛門に指示したようだ。

惣五郎が去ったあと、文左衛門は三右衛門に連れられ四の間に入った。たった六畳の小間である。三方が締め切られ、昼でも薄暗い。わずかに光が差し込むところまで、後ろ手で襖を閉めた三右衛門が、薄暗がりの中で、文左衛門に目で合図をした。文左衛門は、はじめ、その意味がよくわからなかった。だが、二、三度おなじ合図をされるうちに、帯を解いて裸になれということだと気がついた。文左衛門は、いまとなっては、黙ってそうするよりほかはなかった。

「ご迷惑をおかけして申し訳ない。あらためてお詫び申す」

日頃から無口な三右衛門は、詫びなどという無用なことには応えず、さっさと命じたことをやれ、との態度で、自分の臍下あたりをしきりに手でさする。下帯も解けというのである。文左衛門は三右衛門の目を見た。

「お役目でござる」

三右衛門は、毅然と言い放った。文左衛門はそれに従った。そして、三右衛門に尻を向け、二、三度腰を振った。なにも落ちてこなかった。

「よろしいか」

「いかにも」

三右衛門は、文左衛門がもとの正装にもどるのをたしかめると、部屋をあとにした。代わって村田忠松という者が見張りについた。こうなるともう犯罪者扱いである。座敷牢に等しい。文左衛門はすべてをあきらめ、なされるがままに任せるよりしかたがなかった。

外から大勢のざわめきが小部屋に伝わってくる。今一度、大捜索をしているらしい。

秋の日は釣瓶落としである。夕刻になった。

食膳が運ばれたが、手をつけることはできなかった。村田忠松に代わって足軽の与野太助が見張りについた。まだ若い男である。よく働く正直者であるが、話好きな男でもあった。太助は、人目をはばかりながら、周囲のその後の状況を仔細に文左衛門に語って聞かせた。

それによると、奉行は、くだんの植木職人は下城したあとだったので、組合に役人を遣わした。役人は、親方をまじえ、その職人に朝の行動を質《ただ》した。だが、嫌疑をかけるほどの心証は、なにひとつ得ることができなかったうえ、その職人が、文左衛門の整わぬ口吻での軽口、覚束ない足元での往来、廊下からいまにも落ちそうな姿での居眠り、などそのときの様子を隠すことなく白日に晒したので、非はおのずと文左衛門に傾き、周囲で聞き耳を立てていた職人たちの間で爆笑が起こり、とても突っ込み詮索するというわけにはいかなくなった。使いの役人は、ただ恥じ入るばかりで、早々の撤退を余儀なくされたのだという。

聞かされた文左衛門は、無言のままうなだれた。

それよりも、夕刻より容易ならぬ噂が立ちはじめている、と太助は言う。

なんでも、居眠りの途中、声をかけ、文左衛門を起こそうとした人物が、ほかにいたとの噂である。後番組の北山作之進《きたやまさくのしん》だ。さらに、その噂には、出世の競争相手である文左衛門が、近々、書物方へ移籍になるとの報を耳にし、内心こころよく思っていなかった、という尾びれまでついているという。そういえば、後番の作之進が、今日に限って、通常よりずいぶん早く登城していたのも解せぬ、と追い討ちをかける者までいるとのことである。

北山作之進は、文左衛門が室生仲斎先生の学問所へ通っていた頃、机を並べた間柄で、ことのほか理知的で鋭敏な頭脳をもっていた。さらに繊細で神経質そうな面立ちは、いわゆる青白い秀才を思わせた。学問所では常に二人で首席を争っていた。とはいえ、べつに作之進といがみあっていたわけではない。性格は正反対だが、学問についてはむしろ尊敬しあっていた。よく二人で学問の話をした親しい友人だ。ただ、職場の中では、仕事の合間、作之進は同僚の座談に加わることもなく、静かにひとりで書物の頁をめくっていることが多く、好ましく思わぬ者もなかにはいた。それが、そんな噂を呼び起こしたのであろう。だが、作之進の性格はたしかに明るくはないが、そんな性根をもつ男ではない、と文左衛門はそのとき素直にそう思った。その後、幸か不幸か、この噂は奉行のところまで届かなかった。

やがて、問題の土蔵の方角から手荒い打ちこわしの音が響いてきた。文左衛門は己が身を打たれるような衝撃をうけ、両手で耳をふさいだ。

太助は、文左衛門に部屋を抜け出ないよう一言釘を刺し、持ち場を一時離れた。しばらくしてもどってきた太助の話によると、最初、鍛冶屋が呼ばれ、錠前と鍵について思案させたが、二、三日はかかるとのことで、やむなく鍛冶屋の方は断念し、大工の棟梁を召し出し、打ちこわしの策に出たとのことである。そして、錠が開いたところで、明日の早朝より書物方が、検品のため、土蔵に入るそうである。お土蔵番は今夜、全員で夜通し土蔵の見張りに就く。つづけて、明朝、念のため雪隠の肥《こえ》をすべて桶に上げ、郊外の畠まで運び、前代未聞の「肥改め」なるものを行う予定とのことだ。

文左衛門は、またもや、うなだれてしまった。情けなさは、とても言い表されるものではない。

日が落ち、外は暗くなりはじめ、どこかで篝火が焚かれたようである。微妙に部屋の闇が揺れる。

太助に代わる見張り番がついた。原田鉄之介と名乗った。まだ歳は若い。背筋をぴんと伸ばし、眼は一点を見つめ、動かない。あきらかにお土蔵番やその周辺の者ではない。城内では、これまでにない、なにか大きな取沙汰が起きているのであろう、と文左衛門は直感し、覚悟した。狭くうす暗い部屋で、文左衛門は一段と身をちぢめた。

「なにか御用がございましたら、なんなりと仰せつけくださいませ」

鉄之介の言葉の意味するところは、見張り番の域を超えたものでないことは、十分計り知れたが、その丁重な言葉づかいには、囚われている文左衛門にとって、まさに、地獄で仏の声を聞いたような救いがあった。

大方閉じられた襖の合間から、遠くの高張提燈が微かに見える。夜半から雨になった。丑三《うしみ》ツ《つ》の頃になって風が出たようである。村山家の屋敷のことが気にかかった。これからのことが思いやられた。すでに、小部屋に布団が運ばれ、鉄之介は廊下に出て、背筋を伸ばし座していたが、もちろん、文左衛門は、心身とも、とても眠れるような状況ではなかった。

明け方には雨も風もやみ、昨日と同じように太陽が顔を出した。だが、それも長くはつづかなかった。

見張り番が、最初の村田忠松に代わった。昼からは曇り空になり、雨がふりだした。

蔵の全品検査は想像以上に時間を要した。夕刻からは、また太助が見張り番についた。昨夜の見張り番の原田鉄之介は、正確な役職は不明であるが、家老配下の役人で、若手の俊英であると教えてくれた。文左衛門は、きっと自分への人品見定めの役目を帯び、しかるべき重役から指し遣《つ》かわされた男であろうと推測した。さらに太助の話によると、今日の蔵改めは終えたが、一品ごとに帳簿と照合しているので、あと半日はかかるだろうとのことであった。そういうことであれば、仲間の注視のなか、見張り番が付き添っての雪隠への往来にも、あと半日耐えなければならない。さらなる精神的苦痛と肉体的疲労が一気に押し寄せてきた。

翌日の昼になって、ようやく三の間に引き出され、土蔵奉行立会いのもと、若年寄、島田孫六からの使者による、一通りの口頭での取調べが行われた。そのあと、お土蔵の品には異常なしとのことで、今日のところは自宅での蟄居、という申し渡しとともに、一応、拘束が解け、下城の運びとなった。城門を退出する文左衛門は疲労困憊していた。そして、やっとの思いで村山家の屋敷へたどり着いたのであった。以下、屋敷での顛末は前述のとおりである。

村山家を追われ、犀川べりにたどり着いた文左衛門に話をもどそう。

ずいぶん冷え込んできた。今夜のねぐらを探さなければならない。川下へくだることとした。川の流れをさかのぼるような気力は、とっくに失っていた。橋に近づいたところで、水辺から離れ、野菊の土手をのぼった。足元が覚束ない。ともかく橋を渡ろうと思った。重い両足を引きずりながら歩いた。おだやかな弓形の橋の半ば、すなわち頂上までたどりついたとき、強烈なめまいを覚えた。かろうじて欄干につかまった。膝がくずれたが、気力をふりしぼって十数歩すすんだ。嘔吐が突いて出た。川面に上半身を乗り出した。だが、口から出るものはなにもなかった。胃液すら咽喉《のど》につまったままである。

眼前には、青黒い水流が、ところどころ渦を巻きながら、烈しい勢いでくだっている。

「もうよい」

なにも出ない口からわずかに出たものは、己を見捨てた言葉だけであった。極限の疲労から、心身の均衡をくずした一時的な錯乱であったのかもしれないが、不覚にも前後の見境をなくし、この水流に身を任せようと決した。そして、己の今生の最後の力をふりしぼって、欄干に片方の足をかけた。そのときである。懐から芋がころげ落ちたのは。

文左衛門は落ちていく芋をその眼で見た。ゆっくり落ちていくように見えた。水面をたたいてしぶきが上がった。実際には、そう大きな音ではなかったはずだが、文左衛門には爆音に聞こえ、全身の力が抜け、その場にくずれ落ちた。文左衛門は、あの世ではなく、この世にころげ落ちた。

情けない男だと笑ってはいけない。今夜の場合、巳乃吉もさることながら、芋がこの哀れな男の命を救った、と言っても過言ではない。ましてや、幼い頃、祖母に連れられ御堂に上がり、手をあわせて以来、ことあるごとに通いつづけた正念寺ゆかりの芋である。さらに、ここは、勤勉で善良な藤五郎という農民が、沢で芋を洗うと砂金が現れたという伝承から、「金沢」と名づけられた土地である。ゆめゆめ芋を笑ってはいけない。

全身の力を喪失し、うずくまって動けなくなった文左衛門の耳に、極楽浄土から観世音菩薩が来迎したかのような、巳乃吉の美しい唄声と、清らかな三味線の音が聞こえてきたのはまさにそのときであった。かくして、ひとりの侍が救われた。

話を、文左衛門が臥している巳乃吉の屋敷の書院の間にもどそう。

文左衛門は、久しぶりに柔らかな床に身を横たえ、天寿国からふってきたかような慈愛の響きをもつ明け六ツ（午前五時）の鐘を聞いた。夜半から蕭々とふりつづく雨が、哀しみの眠りにちょうどよい明暗をつくりだしていた。

文机《ふづくえ》

細い雨は音も立てず、瀟洒な屋敷やひろい庭にふりそそいでいる。お豊が運んだ朝の膳が、書院の間から引かれたあと、しばらくして、巳乃吉が渡り廊下を踏み、顔を出した。

「ゆっくりお休みになられましたか」

文左衛門と巳乃吉は、書院の間で向かいあってすわった。文左衛門が奥の壁を背にし、巳乃吉は書院と母屋とをつなぐ渡り廊下側の襖を背にしていた。文左衛門の左手は床の間である。中央の床柱を境に、左側は、脇付け書院の障子から採光した本床、右側は、天袋、地袋、そして、長押《なげし》の下に違い棚をしつらえた造りである。本床に吊られた独幅の掛け軸には、山水の墨絵が描かれ、掛け軸の揺れを防ぐためのふたつの風鎮が、意外にも、質朴な空間を息づかせている。

文左衛門の右手は庭である。雨戸と障子はひらかれ、縁側を兼ねる廊下の上方には、大きな庇《ひさし》が裏板をのぞかせ、雨だれがゆっくりと滴《したた》り落ちている。庭の右手は高い崖つづきである。その下方には、こんもりとした低い樹木のかたまりが、いくつも美しい緑を重ねている。その前方は池泉である。広々とした庭の中央に、飛び石が点々と置かれている。その石が消える一番奥は、小高い築山になっていて、小さな茶室らしき建物と低い灯籠、そして大きな石が一つ置かれているのが見える。庭の左手は、昨夜入ってきた小路との境の生垣である。多分、枳殻《からたち》の垣根であろう。

文左衛門は、昨夜、屋敷で出会った下女と思われる娘や、今朝、起床後に見た屋敷の様子から、いろいろ想像をめぐらしてみたものの、この屋敷の正体については、まったく見当がつかなかった。だが、いま、向かいあってすわり、はじめて命の恩人である巳乃吉の顔を、ゆっくりと拝することができた。その姿格好からして、歳は自分よりも三、四歳年上であろう。美しい人である。目鼻立ちのひとつひとつがしっかりしていて、ほんの小さな目尻の小皺はやむをえないとしても、この歳にしては艶やかな顔の肌である。そして、なによりも多くの人生を見てきたであろうと思われる、やさしくも毅然とした目元と、心身の内側からあふれでる、奥行きのある落ち着いた言動が、これまで比較的無難な人生を歩んできた文左衛門を圧倒した。

一通り、昨夜のお礼を述べたあと、文左衛門はつづけた。

「それがしの名は村山文左衛門、いえ、杉田文左衛門。昨夜もまちがえたような気がします。わけあって昨日、婿入り先の村山家を離縁され、いまはもとの杉田にもどっています」

「おやおや、お差し支えなければ、そのわけとやらを、お聞きかせ願えませんか。もっとも、話せぬとおっしゃるなら、お聞きすることもございませんが」

文左衛門はしばし考えた。

「お話しましょう。この期《ご》に及んで隠すようなことはいたしませぬ」

「では、お聞きしましょう」

「その前に、ひとつ、それがしからそなたに、おたずねしたいことがございます。唐突でございますが、このお屋敷はどなたさまのお屋敷でございましょうや」

「あらあら、そうでしたわね、まだお話していませんでした。お屋敷のことも、わたくしのことも」

巳乃吉は一呼吸おいて言葉をつづけた。

「わたくしは、名を巳乃吉と申し、いまは三味線の師匠をしています。今日は、稽古がお休みの日ですが、月に十日は、町の娘さんたちがここへ三味線を習いにまいります。また、四、五日は出稽古にでかけます。それに、ときおり、大きなお屋敷での酒宴にお呼びがかかり、出向くこともございます。昨夜は、たまたま橘風堂さまのお屋敷へ出稽古にうかがった帰りでした。それからここは、もと加賀前田家お抱え茶人、上田久悦さまのお屋敷です」

「なに、上田久悦さまとおっしゃられましたか」

「はい、久悦さまです。ご存知ですか」

「はい、それがし若い頃、いまは亡き柿木畠の室生仲斎先生の学問所に通っておりました。そこではじめてお目にかかりました。寡黙で、おだやかで、恰幅の好いお方と記憶しております」

「ええ、おっしゃるとおりのお方でした」

「と、言われると、ご帰京に」

「いえ、昨日がちょうど一周忌にあたりました」

「それは、失礼仕《つかまつ》りました。それにしても……」

「ご縁でしょう」

「ご縁といえば、こんなことがございました」

文左衛門は、そのときのことを想い出しながら語りはじめた。

「それは、それがしが十四、五歳の頃のある梅雨の日のことでした。ちょうど、こんな閑かな雨の日でした。お昼近くに仲斎先生からお呼び出しが掛かり、学問所へうかがいますと、久悦さまがいらっしゃいまして、囲碁を一番終えたところのようでした。仲斎先生は、久悦さまを、京から来藩された碩学の学者さまだと、それがしにご紹介されました。そして、京の名高い御筆をお示しになり、久悦さまからのいただきものであるが、それがし文左衛門にもおなじものを賜ったとおっしゃり、御筆を差し出されました。それがしは、ただただ感激し、心より御礼申し上げ頂戴いたしました。その様子を久悦さまは、静かに、にこやかに御覧になられておられ、ひと言、『学問に励んでおられるそうですな。これからもしっかりとご精進のほどを』とおっしゃいました。それがしは、ただただうれしく、光栄で、その後もその御筆を使うことなく、宝物として後生大事にし、婿入りのときにも忘れずに持参したほどです。ただ、このたびのことで、婿入り先に置きっぱなしになってしまい、いまとなれば残念至極にございます」

「そうでございましたか」

「それはそうと、そのとき、もうひとり御筆いただいた作之進と申す学友がいまして、その者が申すには、久悦さまというお方は、初代利家公ゆかりの御方のご子孫であられ、仔細あって、いまの上様が京より招聘されたとのこと」

「そのようなお噂はわたくしも耳にし、浅野川の茶屋から落籍《ひ》いていただいたとき、一度、久悦さまにおたずねいたしましたが、『昔のことです』とひと言あったきり、『大切なのは、いまのこと』とお笑いになっていらっしゃいました。それで、その話はそれっきり」

「そうでしたか」

巳乃吉は、在りし日の久悦との一件のなかに、上手に織りまぜ、さらりと自分の過去を明らかにした。文左衛門は、それ以上、たずねることはしなかった。そして、これらの会話から、これから自分のことを、隠しだてなく告白してもよいとの心持ちになっていた。

ふたりは、期せずして同時に庭へ目をやった。いつのまにか舞いおりた三羽の雀が、飛び石を跳んでいる。

「それでは、それがしの話をいたしましょう」

巳乃吉は黙ってうなずいた。

文左衛門は、ここに至った事の顚末を、要領よく、ゆっくりと丁寧に語った。この間、巳乃吉はなにひとつ言及しなかったし、どんな諾否もくださなかった。また、あからさまな憐憫の情も現さなかったし、もちろん批判や嘲笑もなかった。ただ姿勢をくずさず、淡々と文左衛門の語る話を聞いていた。

細雨はいっこうにやむ気配がない。

「それでは当分ここにお住みください。なにかのご縁でしょうから」

「まことにありがたいお言葉、恐れ入ります。しかしそれではあまりにも……」

「結構ですよ。なにか好い考えが思い浮かぶまでお過ごしいただいて。お聞きしましたところでは、御本がお好きなようで。書物なら、うしろの納戸に山のように積み重なっています。無学なわたくしには無用の長物。ご自由にどうぞ。すぐ文机を準備させますから」

「かたじけない。なんとお礼を申してよいかわかりませぬ」

文左衛門は深く一礼した。

巳乃吉が去ってしばらくすると、お豊が文机を抱えて入ってきた。丸顔でしもぶくれの小柄な十三、四の娘である。

「文左衛門さまは、しばらくお屋敷にご逗留ですって。わたしもこれで安心して冬を過ごせます。なんたって、ひろい敷地のお屋敷ですもの。一人でいると怖くて。それに……」

「それに、なんですか」

「いいえ、なんでもありません。ええっと、文左衛門さまは、お師匠さんのご親戚のお方だそうですね」

巳乃吉がそう伝えたのならそれに従おう、と心のなかでつぶやいた。

「うん、まあ、よろしくお願い申す」

「ええ、こちらこそ」

雨の音が次第に大きくなってきた。今日は一日ふりつづくようだ。

こうして、文左衛門の予期せぬ寄寓生活がはじまった。世の中、捨てる神あれば拾う神あり、だ。

昨夜、一度死にかけた文左衛門は、廊下にたたずみ、雨の庭を見つめながら、つくづくそう思った。

凩《こがらし》

文左衛門は、それから数日、なんとなく窮屈な心持ちで過ごしていたが、日を数えるごとにこの生活に慣れてきた。巳乃吉の言ったとおり、お弟子の商家の娘たちが、決まった日に、三味線の稽古のために屋敷を訪れた。その華やかなひとときのにぎわいは、襖を閉めた書院の間にも聞こえてきて、書物の文字を追っている文左衛門の心をうるおし、楽しませた。

三味線の稽古だと聞いていたが、唄の稽古もまざっている。当然、お弟子さんには上手下手がある。ひと月もすると、それが文左衛門にもわかってきた。娘たちには会ったことも見たこともないが、それぞれの名前までも覚えてしまった。笑い方、声の質、三味線を弾く独特の癖などからである。

納戸には万巻の書物があり、文左衛門の無聊をなぐさめていたが、いくら好きだといっても、そう一日中、文机の前で本ばかり読んでもいられないから、稽古のときばかりは、襖のうちでじっと耳をそばだててしまう。いつしか、正座をしながら膝の上に手を置き、母屋の居間の稽古にあわせて、指で拍子をとってしまうまでになった。

——ちがう、ちがう、お蔦さん。ほら、お師匠さんに注意されたね。このまえもそこのところでつまずいたのに。お良さん、このまえよりずいぶん上手になったね。そこんところのコツを覚えたね。えらい、えらい。

襖の内でお蔦さんに切歯扼腕《せっしやくわん》したり、お良さんに感動したり、正体を現すことのできない居候の妙に可笑しな姿であるが、聞えてくるものは拒めず、それぞれの芸の評定に至るまで、すっかりはまり込んでしまった。

ひょっとして文左衛門には、微妙な音を聞きわけ、音の律動を正確に把握できる隠れた才能が眠っていたのかもしれない。また、娘たちの稽古ばかりではなく、その合間に、巳乃吉が自分自身の稽古で発する本格的な音色、唄声も聞けたことが、知らず識らずのうちに、その感性を磨くのに役立ったのであろう。

思いもよらぬ恵まれた生活ではあるが、書物、音曲と、いくら書院の間の生活が気に入ったとはいっても、一日中、書院の間に閉じ籠もっているわけにはいかない。娘たちが来ない日には庭を散策する。書院から庭に出る。築山泉水庭の池のほとりを、砂利を踏みながら進み、やがて小庭に入る。植えられている木は杏であろう。その先の木々の茂る築山に踏み込んでゆく細道には、千鳥掛の飛び石が並べられている。のぼる途中に蹲踞《つくばい》が置かれ、ほどなく、小さな茶室の前に出る。茶室は外から眺めるだけである。のぞいてみたい好奇心はあるが、久悦への畏敬の念が先立ち、一礼するだけで、いつも通り過ぎる。木々におおわれた隣の屋敷との境は、高い竹垣である。竹垣沿いに生え茂る灌木の合間を縫って、土の段々をくだる。途中、石灯籠がひとつ隠れている。そして、その小径《こみち》は、枳殻の生垣へとつづく。

日々、秋の色合いを深めてゆく季節の営みを、じかに目や肌に感ずる心地よい歩行である。そんな散策の中、庭の川べり側からのぞき見る山々が、すっかり紅葉に染まり、晩秋の夕日が、岸を打つ波音を伴い、あたりを荘厳に照り耀かせるとき、文左衛門は人知れず、身に沁みる孤愁の感を抱くのであった。また、夜陰にまぎれて川辺の道を往来することもできた。このような文左衛門の自在な行動について、巳乃吉はいっさいなにも言わなかった。

そんなある日、いつものように庭を散策していると、垣根の向こうを娘たちが連れ添って入ってきた。文左衛門は愕然とし、目を合わさないよう、すぐにうしろを向き、書院に駆け込んだ。だが、その姿を娘たちに見られたのは、その瞬間、それまであたりを華やかにしていた話し声がぴたりと途絶えたから、まちがいない。文左衛門はこの日を、てっきり、稽古休みの日と思い込んでいたのである。

その日、稽古が終わり、娘たちが引き上げるとすぐに、巳乃吉の部屋をたずね、先ほどの粗相を詫びた。巳乃吉は、笑いながら、稽古あとの三味線を片手に、一節唄ってのけた。

人の噂も　お山の雪も　消えぬことなし　春の風

巳乃吉はこの唄に託して、――なにを怖れているのか、仔細かまわぬ、もしよからぬ噂が立っても、悠々かつ平然といままでどおり過ごして居なされ――と伝えたかったのであろう。そううけとった文左衛門は、またもや巳乃吉の度量の大きさに感心させられ、すごすごと書院の間へ退却した。

そんなことがあってまもなく、雨風の日が多くなり、やがて雪もふってこようかという頃になると、庭の散策も、川辺の往来の回数も日増しに減っていった。

そして、霜月も半ばを過ぎると、日中の天候がめまぐるしく変化しはじめた。

夜は凩の日がつづき、烈風とともに木の葉が屋敷を舞った。文左衛門は、たびたび書物から目を離して、腕を組み、目を閉じ、凩の軌跡を耳で追った。雨戸が、ときおり、がたがたと鳴った。文左衛門の耳に届くその音は、たとえ大の男とはいえ、あまり気持ちのよいものではなかった。はじめて聞く異様な音、すなわち、得体の知れぬ微音と、人の泣き声のような風の音は、川からの風が崖に当たり、その反動で書院を微妙に揺るがすがゆえの仕業であろうと勝手に合点し、また無理やりそう思いこむようにつとめた。

凩が一服したある夜、夕べの膳を引きにきたお豊と言葉を交えた。

「お豊さんは、三味線や唄はやらないのかね」

「ええ、わたしは田舎者ですから。聞いてる方が好きです。それよりも、……出ませんでしたか」

「なにがかな」

「そんならけっこうです」

「けっこうというわけにはいかぬ。聞いた以上は、奥歯に物がはさまったようで、落ち着かぬ。申してくれ」

「この次の凩のときにしましょう」

お豊は微笑みながら、それ以上は語ろうとしなかった。

「出るとか出ないとか言ったな、たしか」

「うん～と、そうでしたかねぇ」

いかにも田舎娘らしく素朴で愛くるしい顔をしたお豊は、この年頃の小娘にありがちな、おかしくてしょうがないというように、童顔をくずし、母屋へ引き下がった。文左衛門は、なんだか気になることを聞いてしまったが、単なる小娘の戯言とうっちゃり、さほど気にもとめず、それからの日々をやり過ごした。

そしてまた、凩の夜が来た。

どうも凩というものは、人間の気配、気息を感じさせる意地の悪い風のようだ。ましてやそれが、人間が寝静まった後ともなればなおさらである。ひゅるる、ひゅるる、と人の泣声のようなときもあれば、ひゅ～う、ひゅ～うと恨み節のようにも聞こえることもある。はじめは遠慮がちであっても、次第に本性を現し、挙句の果ては、草木も折れんかとばかり猛り狂い、阿修羅のごとく暴れまわるのが常である。

さて、この夜、凩も思う存分の乱暴を働き、川下へ去ってしまったかと思われた丑三ツ刻、凩の残党たちが徘徊する隙間を縫って、しっかりと閉めたはずの雨戸を通り抜け、さらに、襖、障子さえもすり抜け、文左衛門が眠る書院の間に入り込み、自在に浮遊する狼藉者が現れはじめた。

文左衛門は、額から頬にかけ、冷たい幾筋かの軌跡をすでに感じとっていた。

「何奴、……」

半ば夢の中で身構えた。両眼を開くと、一面の暗闇でなにも見えない。ただ、己の見開いた眼の玉だけが見えるかのような奇妙な感覚のなか、必死で曲者を見つけようとした。

細い光の糸を引いて、なにかが移動した。白光である。三、四匹もいようか。よく眼を凝らすと、白光のほか赤色のものも、長押から長押へ、天袋から天井へ、ほんのすこしだけ、光の尾を引いて浮遊している。両眼を見開いた文左衛門の方へは、反撃を察してか、なかなかおりてこようとはしない。

「さては、怨霊《おんりょう》。それがしを狙っての仇討か」

文左衛門は脇差に手をのばしたが、ここは他人さまのお屋敷、自分は厄介になっている居候、忌わしい沙汰はひかえねばならない、と思い直し、抜刀は辛抱した。そして、曲者が消えた一瞬を狙って、床から這い出て、庭側の障子を開けた。つづいて廊下を忍び足で進み、雨戸も静かにすこし開けた。戸の癖は承知していたので、ほとんど音を立てずに開けられた。しばらく、外の様子をうかがった。異常は見当たらない。戸を閉め、書院の間に引き返すと、慎重に部屋の隅々に目をやった。だが、狼藉者たちはもういない。

文左衛門は、布団の上に正座し、自分の過去を振り返った。

――これまで、人の恨みをかうようなことをした覚えはない。いや、自分に覚えがなくとも、この世で生きている以上、どこかで知らぬ間に、他人を追い詰めるようなことをしていたかもしれぬ。生きてゆく以上、避けられないことである。ただ、すくなくとも人を殺めたことはない。怨霊となって復讐をされるようなことは、どう考えても思いつかないし、合点がいかない。

ふと、すきま風が書院の間を洗った。

「おう、このことか、お豊さんの、出ましたか、というのは」

――ということは、自分にたいしての人魂ではない。この土地、この屋敷への遺恨なのであろう。

それにしても、いったいなにがあったのであろうか。久悦さまだって、他人の恨みをかうようなお人ではない。ましてや巳乃吉さんだって。

その日は、眠れぬままに夜を過ごした。その後、このことは、誰にも話さなかった。

そして、また凩の夜がきた。あの夜とおなじように、凩が落ち着くと、人魂が現れはじめた。雨戸をすこし開け、廊下から外を見ると、枝々に、ゆるゆると飛んでは点滅をくりかえしている。書院横の崖の方の梢にとくに多く見られる。あるときは、天からふってくるようにさえ思える。緑色光である。崖をくだるほど、赤色、白色になる。動きを見ていると、いっせいに消えたり、また、二つ、三つ、と点滅したり、自在である。

雨戸を閉めて床に就いてはみたものの、気持ちのいいものではない。風の音と重なって、首筋のあたりに冷気を感じると、思わず、ぶるるるっとふるえてしまう。

この追い払いたい客は、無抵抗の文左衛門に味を占めたのか、次の凩の夜には、まだ凩の鎮まらぬ夜更けから出没しはじめた。文左衛門は、吾が心身を脅かすこれらの人魂にすっかりまいってしまい、一刻も早く、凩の季節が去り、雪の季節が到来することを祈った。

だが、怨霊の出現は、凩の間だけなのか、それとも冬の間もずっとつづくのか、文左衛門にはわからなかった。

それから数日たったある昼下がり、珍しく巳乃吉が書院の間に顔を出した。

「お泊りいただいてから一季節が過ぎようとしていますが、ご機嫌はいかがですか、なにかご不自由はございませんか」

「不自由などと、めっそうもない。おかげさまで健やかに過ごさせていただいています」

「御本の方は、はかどっていますか」

「ええ、ずいぶんと愉しませていただいています。さすが久悦さま、すばらしい良書ばかりのご蔵書で。それに、朱筆での書き込みなどは、いたく感服させられます」

「それはようございました。お役に立てて」

文左衛門は、凩の夜のことを巳乃吉に打ち明けようか、黙っていようか、談笑をしながら頭の隅で迷っていた。いまの機会を逃したら、ゆくゆく正月になるかもしれぬ。新年早々、忌わしい話などできるわけがない。まだ、正月まで日はあるが、早いところ解決しておきたい。そんなとき、――いまだ、今日だ――という叫びを、一瞬、頭の中で聞いた。

「巳乃吉さん、つかぬことをお訊きしますが、実は、……」

先を考えず、言葉だけが飛びだした。だが、決心したものの、すぐに本題にかかれなかったのにはわけがあった。勇ましく告げて虚勢を張るのも、巳乃吉の前ではつまらぬことであったし、なによりもすぐに見透かされてしまうことはうけあいだった。だからといって、ありのままのおびえた言い様では、侍としての誇りが許さない。どういった口調で本題を言い出すべきかを思慮し、口から第一声が飛びだしたものの、あとがつづかなかったのである。

「近頃、あまりよくお休みになられないのではありませんか」

文左衛門のためらいを見て、すかさず巳乃吉の方から助け舟が出された。

「そうなんです、そのことについて巳乃吉さんに一度、お伺いをしたいと思っていたところなのです」

ずばり核心を突かれ、いとも簡単に侍の誇りは吹き飛ばされ、弱々しく、凩の夜のことを白状するはめになった。

「こういうことは、それがしがここに寄せていただく以前からありましたことでしょうか」

「ええ、ありましたよ」

臆しながらたずねた問いに、間髪を入れず、ずばり回答が返ってきた。

「それはまたなんの因果でしょうか」

巳乃吉の目元が微笑んでいる。

「文左衛門さまもよくご存知のように、この崖の上は、寺町台地と呼ばれ、お寺さんがずらりと庇を並べているところです。そして、そろって御堂の裏の崖側は墓地ですよ。ほら、この裏に細い急な段々があるでしょう」

たしかに庭に出たときよく目にしていた。一度、のぼってみたいとも思っていたが、自分が人目を避ける隠遁の身であることから、のぼることをためらっていた。

「行願寺さんといって、裏には大きな墓地があるそうですよ。なかには無縁墓地もあるそうです。わたくしはのぼったことはありませんが、久悦さまは、ときおり、おのぼりになっておられて、和尚さまとは懇意にされていたようです。そのうえ、凩の夜など、崖の上からお友だちがお逢いにこられるので、今夜はどなたがお越しかな、って、お逢いにこられる方々とは、それはもう親しく、一人ひとりにお名前をつけて、……」

巳乃吉は、ほんとうに懐かしそうに、口元を隠しながら大笑いをする。文左衛門は唖然としたままである。そして、久悦というお方は、なんという雅量の大きいお人だろうと、ただただ感心するばかりであったが、すぐに、久悦のような度胸はこれっぽっちもない自分は、いったいどうすればよいのか、と途方にくれた。

「久悦さまが、怖がるわたくしによくいっていましたわ。吉よ、あの人たちはみな、凩に掘り起こされたことを幸いに、おまえの三味線や唄が聞きたくて、このお屋敷に来ているのだよ。さあ、ひとつ聞かせてやっておくれ、って」

「それで、巳乃吉さんはなんと」

「もちろん、書院の間で唄いましたよ。心を込めて、みなさまのお心が鎮まりますように」

「すると」

「ええ、四、五曲も演じますと、みな、おだやかに寝所にもどっていかれました」

文左衛門は、滅入ってしまった。久悦でもない自分が、怖いからといって、主人の巳乃吉に三味線や唄をたのめるはずがない。巳乃吉は文左衛門の困惑を見越したように先手を打ってきた。

「文左衛門さまも唄ってあげたらどうですか。みな淋しいのですから。いま思いついたのですが。それがいいわね、それがいい」

まるで文左衛門が稽古の様子を盗み聞きし、耳をそばだてていることを知っていたかのような言いぶりである。はっとしたのは文左衛門の良心で、巳乃吉の言い方にはなんの厭味もない。

「それがしに唄えますでしょうか」

「さあ、どうでしょう。それはわたしにはわかりません」

「唄といえば、武家のたしなみとしての、二、三の謡曲ぐらいしか知りませぬ。こんな格式ばったものでは人魂たちは喜びますすまい」

「そうでしょうね」

いとも簡単に同意する。それでは困るのだ。

「巳乃吉さんのように喜んでもらえなければ、鎮まってもらえませんでしょうな」

「それはそうでしょう」

こんども巳乃吉は、いともあっさりとうなずく。それでは困る、困る、と心で嘆きながらも、滑るような調子の相手の返答に、一呼吸おいて、つと言葉が突いて出た。

「なんとかやってみましょう」

――しまった、なんとしてもここは恥を忍んで巳乃吉さんにたのむべきだった――と後悔したが、もうおそい。多分たのんだところで断られたであろうと、しぶしぶ自分を納得させ、尻尾を巻いて、矛を収めてしまった。

半ば泣き面の文左衛門を、巳乃吉は言葉すくなに励まし、書院の間を去った。

文左衛門の方は、さあ、それからがたいへんだった。黙っているとまた、忌々しい不気味な狼藉者らと時によっては明け方まで付きあわなければならない。また、唄え唄え、と首筋をなでるであろう。

文左衛門は考えに考えた。そして一つの結論を得た。

――ご縁あってこのお屋敷、すなわち、この人魂たちのおりてくるお屋敷にたどり着いた。ということは、このお屋敷に命を救われたも同然である。ひとつまちがえていれば、今頃は新米の人魂として、あの群れの一員だったかもしれない。それならば自分は、かの狼藉者とどれほどのちがいがあろうか。いや、狼藉者と呼び、忌避すること自体が不遜である。自分は幸いにもこの世にいる。彼らは不幸にもあの世だ。幸せな者が不幸せな者に奉仕することこそ、命を永らえた者の勤めだ。であれば、久悦さまや巳乃吉さんの御心に自分も追従して、彼らを楽しませてやろう。これがひょっとして、このお屋敷にきて、働きもなく食を得ている自分の仕事かもしれない。それはとりもなおさず、お世話になっている巳乃吉さんへの恩返しかもしれない。うん、きっとそうだ。そうにちがいない。よし、そうと決まれば、できるだけのことはやってみよう。

文左衛門の決心は意外と早かった。

さて、たしかにこの奉仕精神は本物であったことを文左衛門の名誉にかけて宣言した上でのことであるが、文左衛門の心の奥底で、日頃から、機会があれば、稽古にくる娘たちのように唄ってみたいという気持ちが、ひそかに芽生えていたこともたしかである。そして、そのことを臆面なく言い出せるはずのない環境に置かれているところへ、唄える口実が具合よく向こうの方から飛び込んできたので、よし、と頭の片隅で膝を打ったのも、また隠すことのできない事実であった。一方、少時間の会話で文左衛門が見せた困惑と焦燥の表情を、あたかも楽しむがごとく笑い返してみせた巳乃吉の頭のなかでは、そのことはもうすでに織り込みずみであったにちがいない。

ともかく、文左衛門はその夜から、恐る恐る、小さいけれども声を出す稽古をはじめた。もちろん、まだ唄と言えるものにはなっていない。母屋に聞こえるのは恥ずかしい。だから、小さく小さく、そしてできるだけ息継ぎを我慢して、小さく細く、長く、伸ばして、だ。娘たちの稽古の日には襖に耳をつけるようにして、唄の部分をまねた。もちろん襖の向こうに聞こえないように。

幸い、凩の方は待ってくれているようである。文左衛門は、くる日もくる日も、唄の稽古に余念がない。相変わらず、小さく細く、長く、伸ばし、唄声を抑制しているから、母屋の女ふたりは、これまでどおり、自分が熱心に書物を読んでいるものと思っているにちがいない、と文左衛門はすこしも疑わない。でも、家の内のことについては、きわめて敏感な女たちのことであるから、ふたりで首をすくめ、目を合わせて笑いを押し殺していたかもしれない。もしそうだとしても、幸か不幸かそれは襖の内側で真剣に事をとりおこなっている男にはわからない。

ところで、声を殺さず、まともな稽古をしたいと願う文左衛門に、まったくその手立てがないわけではなかった。庭歩きでの茶室の前、そして、戸外での散歩の折、人気のない薄闇の川のほとりで、少々大きな声を出すことができた。したがって、できるだけその機会をうかがい敢行した。

そんな折もおり、稽古には絶好の機会が訪れた。

仲冬にしては暖かい陽気の日がつづいていたある日、巳乃吉が珍しくお豊を連れて、橋の向こうの街へ出かけることになった。当然、文左衛門は留守を任された。こんなことはこの屋敷に世話になってはじめてである。客がくれば、「親戚の者と言って、またのお出ましを願えばよい」、そう巳乃吉に教えられていた。お豊は大はしゃぎで巳乃吉について玄関を出た。

内心、一刻も早く屋敷を離れてほしいと願い、ふたりを見送った文左衛門であったが、ふたりの影が見えなくなったあと、ひょっとして、忘れ物をとりにもどってこないとも限らないと考え、しばらくは書院の間で息をひそめた。それは、ほんのいっときだったが、ずいぶん辛抱をしたような気がした。あらためて耳をそばだてたが、もうその気配もなさそうだ。用心のため玄関まで出て様子をみた。大丈夫のようだ。書院にもどり、すわり直すと、「よしっ」と、両膝をこぶしでたたいた。

さて、念願が叶って、いよいよ書院の間で声を上げての稽古である。すなわち、本番の舞台での稽古である。襖をすべて閉め、凩の夜を思い起こしながらの稽古に入った。いままでたまりにたまっていたものが、一気に発散できる。さあ、大声で第一声だ。

「はるう〜う　う〜かぜ〜、……、ううん」

もう一度、

「はるう〜う　う〜かぜ〜、え〜……、あれっ」

どうも具合が悪い。こんなはずではない。数度やってもうまくいかない。

春風うれしや　川辺の小道　医王　戸室の　山笑う

娘たちの稽古で盗み聞きした一節である。入門した者が最初に習う歌詞だ。

文左衛門は、時を惜しんで、稽古に励んだ。

鋭意努力の結果、巳乃吉が告げて出た帰宅の時刻にはかなり時間を残し、巳乃吉の音調をまねた節回しに、なんとか近づき、格好がついた。文左衛門は最後の仕上げをすると、ひとりほくそ笑んだ。ついでにもう一曲ためしてみた。

これもよく聞いた歌詞である。うまくいきそうだ。文左衛門は制限時間いっぱいまで、なんどもなんども、稽古をくりかえした。

予想よりもすこし早く、夕七ツ（午後三時半）にふたりは帰ってきた。帰宅の挨拶にきたお豊と、迎えに出た文左衛門は、渡り廊下の先で出会った。うれしそうに挨拶をするお豊に、すかさず言葉をかけた文左衛門、だが、声は、見事にかすれていた。そのうえ、慌てたものだから、ふた声目が裏返ってしまった。お豊の目ン玉がどんぐりになった。期せずして秘密の稽古が巳乃吉に露見してしまった。文左衛門はなにごともなかったようにきびすを返して書院の間に引きさがった。お豊には巳乃吉から、この突然の変調の理由がうまく伝えられているはずだ。ふたりが首をすくめて口を押さえて笑っているだろうと思うと、首筋が熱くなった。それでも、しばらくは咳払いをしなければ咽喉の調子が治まらなかった。

そんなことがあって、恥ずかしさもいくぶん消えたのか、文左衛門の稽古の声は日ごとに大きくなった。だが、巳乃吉の音調は守っているものの完璧という風にはいかなかった。はじめたばかりだから当然だろう。文左衛門は自分の唄の調子について巳乃吉に評を求めることはなかった。あまりにも耳障りであれば、巳乃吉の方から言ってくるだろうと腹をくくっていた。やむをえずはじめた唄の稽古のおかげで、この居候もそこまで開き直れるようになった。すこしずつ、律儀な侍癖が抜けてきたようだ。

巳乃吉の方も文左衛門の唄の調子について一言も口をはさまなかった。べつに玉の輿に乗せるわけでもないし、金子をいただくわけでもない、という思いもあったが、それよりも、文左衛門の微妙な独自の節回しに、言いようのない妙に情感溢れる味わいを聞きとっていたからである。もうすこし自在に唄わしておこう、ということだろう。また一方で、稽古の熱心さもさることながら、上達の早さに正直驚いていたことも事実である。

さて、いまや忌避から期待に変わった凩は、なかなかやってこなかった。まあ、なにごともままならぬこの世に生きていると、だいたいそんな塩梅《あんばい》であることが多い。凩に文句はいえない。凩には凩の都合っていうものがある。

期待していたものがこず、手持ち無沙汰に時が過ぎてくると、誰しも余計なことを考えるものである。文左衛門とておなじだ。ただ、文左衛門の場合は、余計なことというより、余技なこと、といった方が正しいかもしれない。

まず、自分で歌詞を作ってみたくなった。筆をとるとすぐに一つできあがった。

ひゅうひゅうひゅうひゅうと　凩泣けば　あの世この世が　入りまじり

まずまずのできだ。自画自賛した。

——もうすこし、わびしさがあった方がいいな。それに、ひゅうひゅう、は、ちと唄いにくい。うむ、……これでいいかがかな。

ひゅるるひゅるると　凩泣けば　あの世この世が　入りまじる

――うん、この方がよい。最後は、り、より、る、の方が締りがよい。

だんだん興が乗ってきた。侍の落ちこぼれというより、戯作者の端くれといった方が似合うようだ。

――そうだな、せっかく、人魂さんが訪ねてくださるのだから、もっと楽しませてあげなきゃならないな。しかし、そう簡単に笑いの種はない。ううむ、……そうだ、まず自己紹介からはじめなければならない。

ますます戯作者にはまっていく。

――だが、初舞台まで家人には秘密だ。声を張り上げての稽古はあくまで娘稽古版である。自作は、小さく細く、長く、伸ばした声の調子でやる。それもできるだけ野外でやる。本番より前に公開してしまい、巳乃吉さんから待ったがかかったならば、いままでの苦心と楽しみが無駄になる。奇襲はいまだ力なき者の世の習いだ。

にわか戯作者は、さかしらにひねりを加え、その魂胆を隠す。

唄うと決めてから、十日ばかり過ぎた夜、待望の凩がやってきた。いよいよ待ちに待った本番である。だいぶ長い間待ったから、準備は十分できていた。行燈の灯を消して座布団の上に正座し、腰を伸ばし、胸をそらして、そのときを待った。

火鉢に熾《お》した炭火がひと塊、赤々と燃えている。その上に、そっと、灰をかぶせ、完全な闇の世界に入り、文左衛門は眼をこらした。

凩が雨戸をたたき、軌道を変えた。

長押にひとつ見つけた。書院の障子にひとつ、天井にひとつ、首のうしろあたりにもきている気配がする。それぞれゆっくりと揺れながら、寄せたり離れたりしている。

いよいよ文左衛門の唄がはじまった。

ひゅるるひゅるると　凩泣けば　あの世この世が　入りまじる

まずは、前唄である。つづいて自己紹介に入る。

拙者居候　名は文左衛門　文左文左と　呼ばれ来し
夜風川風　沁み入るこの身　もとはお城の　お土蔵番
桔梗《ききょう》　露草　萩　女郎花《おみなえし》　今日は姫様　お輿入れ

だんだん調子が出てきた。その調子だ。

加賀は秋晴れ　お駕籠は出《い》づる　ふるまい酒の　樽ならぶ

うれし楽しや　祝いの酒の　五臓六腑は　夢の蔵

母屋の居間では、三味線の弦の手入れをしていた巳乃吉が、いつのまにか手をとめ、耳を澄ませ、文左衛門の唄に聞き入っていた。

鍵はどこかと　人から問われ　懐さぐり　醒めし夢

鍵や鍵やと　まなじり決し　鍵の穴さえ　覗くほど

もとにもどらぬ　しくじりなれば　天も許さぬ　世の掟《おきて》

過ぎしあの日に　もどれるならば　差し上げまする　命さえ

女中部屋では、はじめは裁縫の手をとめ、笑いをおさえて聞いていたお豊だったが、最後のあたりになると泪がひとつ、膝にひろげた古着の上に落ちた。しかし、それも束の間、しばらく時をおいて流れてきた歌詞に、思わず苦笑し、のけぞってしまった。それは巳乃吉だっておなじことであった。

働かずとも　腹減ることの　悔《くや》しかりけり　この因果

崖の上からの客はみな満足して引き上げたようだ。まだまだつづけたかった文左衛門であったが、客が引けてしまったのではしょうがない。この世の舞台であれば、役者を舞台に残して客がいなくなったのだから、おおいなる失敗と非難されるところだが、ここ、この世とあの世の狭間の界隈ともなれば、評価は逆である。大成功のうちに今夜の舞台の幕が閉じた。

この夜、文左衛門はすべてを忘れて熟睡した。

翌日、お豊がいつものように書院の間に膳を運んできた。文左衛門と目をあわさぬようにしているのが文左衛門にはわかる。きっと、目をあわすと吹き出してしまうのだろう。ご飯を盛りながら、目をあわさぬようにお豊が話を切り出した。

「文左衛門さまのお唄をお聞きしました」

「ああ、昨夜の唄だね。出たんだよ」

「出ましたか、やっぱり。それでお師匠さんとおなじように唄をうたってあげたんですね」

「そうなんだが、どうだったかね。それがしの唄は」

笑いながら目があった。お豊は、ぷっ、と軽く吹き出すと、言葉をついだ。

「そうですね、なんていうか、ほら、狼煙《のろし》が、ひゅるる、と風にたなびきながら上がるようで、ほそく、ゆっくりと、ゆれながら　たか～く」

「うむ、狼煙を見たことがあるのか」

「うんだ、田舎でなんどか」

「どこかね、田舎は」

「能登のはなっぱしの岬です」

「そうか、お父上さま、お母上さまはお元気か」

お豊はその場で笑いころげた。言われた瞬間、手拭を頬っかぶり、真っ黒に日焼けした、お父上、お母上ならぬ、おっとう、おっかあ、の顔が、目のまえに浮かんだのである。

文左衛門は、自分の唄が狼煙にたとえられて当惑した。これでは褒められているのか、けなされているのか、まったくわからない。でも、そう言われて思い起こしてみれば、狼煙に似ているかもしれない。なんといったって稽古の根っこは、小さく細く、長く、伸ばして、である。

「でも、お唄は、なかなか、じっくり聴くことができました」

書院の間を出るとき、お豊が残した一言である。

それでも、真の評価は不明だ。だが、いわゆる、聴かせた、ことだけはたしかなようだ。それになんといっても、初期の目的は達成したのだから、良し、としていいだろう。及第だと、ひとり悦に入りながら朝餉をとった。そして、箸を上げ下げしつつ、

——ひょっとして、それがしは、武芸や学問より、ほんとうは音曲の方が合っているのかな。

と胸のうちでつぶやいた。一方、期待と不安が入りまじっていたが、昨夜の唄について、肝心の巳乃吉からはなにも言ってこなかった。だが、その後も、文左衛門は、やむことなく唄の独習をつづけた。

外には、霙《みぞれ》、霰《あられ》、そして初雪が舞った。

師走に入ったある日、巳乃吉が、三味線を抱えて書院の間に文左衛門を訪ねてきた。文左衛門は火鉢に手をかざしながら本を読んでいた。

「どうされました、三味線などをお持ちで」

書院の間で久悦さまに唄など捧げるおつもりか、といぶかった。だが、その答えは意外なものであった。

「これを文左衛門さまにお預けしようと思って」

「それがしに」

「ええ、お唄だけではお淋しいでしょう」

「たしかに」

「いつか、おひまなときに、手ほどきをいたしましょう」

「それはありがたい、願ってもないことだ。もしよければ、さっそくお願いいたします」

文左衛門は崖上の夜の客人たちがもうこなくなり、すこし身体の力が抜けていたところであった。いい頃合である。

巳乃吉は、三味線の持ち方、指の押さえ方、撥の弾き方など、基本的なことをまず口頭で伝授した。

文左衛門は、正座をして三味線の胴を膝に据えた。棹の三本の糸を指で適当に押さえて、撥をにぎり、弾いた。

その瞬間、この世ではじめてみずからが出した三味線の音に、思わず頬がゆるみ、はからずも、満面の笑みを巳乃吉に送ることとなった。巳乃吉は文左衛門のこれまで見たことのない心の奥からの笑顔に驚き、三味線を預けたことがまちがいではなかったと確信し、自分のことのようにうれしかった。というのも、自分自身が幼くして茶屋に奉公に入り、数年後、はじめて三味線に手を触れさせてもらったときの、言葉では言い表せない喜びの瞬間を思い出したからである。文左衛門の破顔一笑は、巳乃吉をその気にさせた。教え甲斐があるというものである。

正月を迎える仕度でそれぞれが忙しくなる年の瀬、娘たちの一足早い稽古納めの日が過ぎ、巳乃吉の手が空くと、文左衛門への技術の教授に、さらに熱が入った。それというのも、文左衛門の最初の笑顔に魅せられたがためだけではない。なによりも教え子の稽古にとりくむ熱心な姿勢と上達の早さが、教える者をして、おのずとそうさせたのであった。

邪心のないお豊が、

「習いに来られる御姉さんたちより、ずいぶん早く上手におなりで」

と、素直に褒めるので、教わる方はなおさら得意になった。だが、文左衛門にとってみれば、家人が感心するほど技量が滞りなく進歩したわけではない。たしかに、三線の上から下にかけて撥を弾き、その撥を掬い上げ、掻き返す撥捌き、左指で糸を弾き、撥で糸をこすり、三本の糸を同時に奏でるなど、基本の種々の弾き方が身につき、ずっしり重い音、衣擦れのような繊細な音、切れのよい快活な音、柔らかな音、硬い音など異なった音色が芽を出し、これらの音が連なり、これほどまでに人の喜怒哀楽を思い存分表すことができるのかと感心し、耳を澄ませるぐらいまでは、すること為すことがすべて喜びであったが、音を的確に捉える調弦や指や爪で糸を押さえる力具合、前の指を離すことなく音を適度に伸ばしながらの指遣い、それも微妙な音のずれの修正や間の取り方の段になると、教える巳乃吉の顔から笑顔が消えた。投げかける言葉は優しいものの「さあ、やってごらん」と促され、指を動かすものの、ぎこちなさや度重なるしくじりには、決まって巳乃吉の右手が飛んだ。したがって、暮れの数え日に入る頃には、巳乃吉の指導に、負けじとついていくことで精いっぱいになっていた。聴くのと弾くのでは大違いである。凧の舞台が好評のうちに幕を引き、図らずも躍り出た己の隠れた才覚を悦び、その余韻に浸るなか、高揚した気分でいとも簡単に預かった三味線であるが、今となっては、少々有頂天になっていたことを恥ずかしく思う。「それがしにできますでしょうか」ぐらいのことは返せばよかった、といささか後悔じみた言葉さえ浮かんでくる。そんな文左衛門の浮かれた心を見透かしたように、巳乃吉の指導には容赦がない。まだ弟子でもない自分にこれだけ厳しく当たるのはいかなる所存であろうか。否、厳しいと感じているのは自分の方で、巳乃吉はこれでもまだ手加減を加えているのかもしれない。そう思うと、今更、弱音など吐けるものかと、なおさら独自の稽古に熱が籠る文左衛門であった。

「お休みにもならずにそんなに夢中になって、糸にあてる指の先が赤く痛みませんか。ご入門の御姉さん方は、最初はみんなそれでお困りのようですが」

膳を運んできてもまだ棹を離そうとしない文左衛門に向かって、お豊が心配顔で忠告する。

「指先？　うむ、それがしは剣術の稽古で鍛えてきたから、丈夫にできているのかな、少しも……」

そのときは笑い返した文左衛門であったが、大晦日を迎える頃になって、急に撥をもつ右手の小指から手首にかけて、いままで経験のない痛みが走った。あまりにも性急に、慣れぬ筋肉を酷使し、夢中で稽古してきたので、右手の筋を痛めてしまったらしい。さすがの文左衛門も、元旦から五日にかけて、稽古を休まざるを得なくなった。うまい具合に、お豊には「正月休み」という口実ができた。さもないと「ほら、言ったことじゃない」と身をよじって笑われるのが関の山だ。

その間、ひさしぶりにゆっくりと文机に向かった。ときおり、母屋から流れてくる美しく澄みきった正調の巳乃吉の唄と、声の伸び縮みや息継ぎに合わせて拍節を刻む三味線の音色を、心ゆくまで堪能した。そしてまた、まがいのない音色から、その技を盗み取ろうと耳をそばだたせた。三味線を習う前と習った後では、おなじ巳乃吉の伎芸ではあったが、文左衛門の聞きとり方には雲泥の差があった。

五日の夜、空では雪雲の巨大な塊が互いにぶつかり合い、たったひとつだけ大きな雷音が鳴り響いた。しばらくして外を眺めると案の定、小雪が舞いはじめていた。

明くる朝は一面の銀世界であった。

牡丹雪がとめどもなくふっている。白い障子がいつも以上に白く感じられる。昼には大雪となった。文左衛門は廊下に出て鈍空から絶え間なくふってくる雪を仰いだ。形や大きさのちがうさまざまな雪片が、点描のように中空を舞い降りてくる。子供の頃、雪がふるとうれしくて、弟と庭へ飛び出し、口を大きくひらいてうけとめ、遊んだものだ。北国の子供たちにとって雪は友だちである。ひろい屋敷にふりそそぐ雪は、夕刻にはすっぽりと地上のそれぞれの造物にかぶさり、夜にはその正体のほんの外形だけを残した。ふと、村山家のことが頭に浮かんだ。雪のせいだろう。

その夜、文左衛門は、かたわらの三味線を手にし、右手の様子をたしかめた。支障はないようである。昼間、雪を眺めながら即興の歌詞をいくつか作っていた。三味線を弾き、唄ってみた。

大雪小雪　童はうれし　雪ふりふり来《く》　雪の上

恋し恋しと　ふる雪なれば　主《ぬし》に積って　主《ぬし》の形《なり》

大晦日、手を休めている折に作っておいた歌詞もためしてみた。

虫も鼠も　来るものうれし　すきま風さえ　いとおしや

三味線と唄の音程、三味線の拍節と唄の節回しを合わせることに刻を費やし、そこそこ聞けるものになったが、まだ聞かせるにはほど遠いものだと、自覚しその日の稽古を終えた。

その後も、時を見計らっての巳乃吉の文左衛門への稽古はつづいたものの、日を経るうちに、その回数はめっきり減っていった。文左衛門はそのわけを解しかねた。ある晩、正月三が日に聴いた巳乃吉の正調のさびの箇所を真似しようと試みたが、幾度やってみても、どうしても思うように指が動かず、それらしい音色も出ない。心もとなくくりかえす文左衛門の耳に、母屋から一節、二節、三味線の音が聴こえてきた。文左衛門は思わずその場でその節と音色を注意深く聴き取り、さっそく真似た。だが二度や三度でそううまくゆくものではない。巳乃吉が諦めずに何度もくりかえす。それをまた文左衛門が真似、左手の指で勘所を捕まえ、右手の撥をこの一瞬とばかり糸に当てる。冬の夜の寂静たる屋敷の一角で、僅かな行燈の明かりの下、両者の白刃が切り結ぶ真剣勝負にも似た数刻を経て、徐々に母屋と書院の間の呼吸が合ってきた。やがて、閑かな川辺の屋敷から交互に流れる二挺の三味線の音が一つになったとき、天空ではまるく白い寒月が、挑む者と挑まれた者双方を慈しむように微笑んだ。

さて、そんな稽古も睦月晦日をもって最後となった。巳乃吉が、文左衛門の芸の進歩を見限ったわけではない。文左衛門を前に正座し直した巳乃吉は、あとは独習でやれ、疑問があれば来ればよし、さもなくば聴きながら芸を盗めと告げた。そして最後に次のような一言をもって、一連の稽古を終了させた。

「琵琶はこの国で長い時を経てここに至りました。でも、琵琶にとって代わろうとしている三味線は、渡来してまだわずか百年、今後、どう音曲や弾き方が進歩、発展していくかわかりません。だからおもしろいのです。才覚ある者が一つの流儀に染まってがんじがらめになり、せっかくの新鮮な趣向の芽が摘みとられることは、わたくしの大好きな三味線にとって、このうえない不幸であります」

もちろん、文左衛門が萌芽させた芸への感性を認め、人格を信頼しての話である。

また、巳乃吉は、これまで決して文左衛門を弟子として扱わなかった。客人として対等な立場で諸事をこなした。教える方と教わる方が居れば、そこには師弟という間柄が自然に生まれそうだが、そうはいかなかった。師匠役が拒絶の態度を貫いたからである。

巳乃吉は書院の間を出るとき、振り返り、以前の様子にもどって、微笑みながら念を押すように言った。

「師匠でもありませんし、お弟子さんでもありませんから」

文左衛門はその真意を解しかねた。

雪《ゆき》解《げ》川《がわ》

ここ数日、寒い日がつづいていたが、今日は暖かさがもどり、屋敷をとりまく木々の梢にも、たしかな春の到来が感じられる。陽光が一段と耀きを増した午後、母屋の玄関口あたりから微かに聞こえる訪問者の声を、文左衛門は書院の間でうつらうつらしながら耳にした。書院近くの美しく伸びた梅の小枝が、紅梅の蕾をふたつばかり付けている。

渡り廊下を踏む巳乃吉の足音がして、襖の外から声がかかった。

「文左衛門さま、表に後藤新三郎さまと名乗られるお方がお訪ねになられています。いかがいたしましょうか」

文左衛門は、一瞬、吾が耳を疑った。

「なに、いま、新三郎と、……」

「ええ、後藤新三郎さまでございます」

「通してくだされ」

文左衛門は訪問者の名を聞いて、すっかり早春のまどろみから醒めた。それは醒めたというより、忽然《こつぜん》とまどろみが消えてしまった感覚に等しかった。それゆえ、己の狼狽を隠せず、立ち上がりさま、着物の裾を二、三度ぱんぱんと払ったが、それはなんの意味もない動作であった。文左衛門は深呼吸をし、心を落ち着かせた。

巳乃吉の招きで母屋を通り抜けた新三郎は、渡り廊下を足早に渡り終えると、文左衛門と目をあわせることもなく、書院の間に接する廊下にひざまずき、深々と一礼した。

「兄上さま、お懐かしゅうございます。ご無事でなによりでございます」

眉を額の左右に一文字に走らせた精悍な顔を上げ、文左衛門を見つめたその両眼には、いまにもこぼれんばかりの泪がたくわえられていた。

「よくぞこられた。達者であったか。その折はずいぶん迷惑をかけた。すまぬ」

「兄上、なにをおっしゃいます……時節がわるうございました」

「ささ」

文左衛門は、あとは言葉にならず、兄を見つめたままの新三郎をうながし、奥に招き入れた。これに応じて書院に入った新三郎が、腰を落として襖を閉めようとした折、文左衛門はそれを制した。久々の兄弟の対面であれば、外に聞かれたくない内輪だけの会話も起こりえよう。だが、いまの文左衛門にとって、この屋根の下での隠し事は、なによりもさもしいことのように思えた。いや、内実はそんな消極的な考えよりも、むしろ対面者が身内であればこそ、巳乃吉には全てを聞いておいてほしいとの思いがあった。

火鉢を手元に引き寄せ、新三郎に座布団をすすめた。弟は素直にそれに従った。

「母上はお変わりござらぬか」

兄は火鉢の炭火を熾しながら弟にたずねた。

「お達者でございます」

「お気を病んだことであろう」

「はっ、あのように気丈夫な方ですから、文左は杉田から出た者、とひと言おっしゃったあと、以後、そのことについてはなにもおっしゃられぬようでございます。昨年の暮、一時、床に臥す時期もございましたが、今はお元気になられ、お身体の方はすっかりもとどおりになられました。ですが、床を離れたあとは、もともと口数の少なかったお方が、めっきり、お口をお開きにならなくなり、杉田の兄上、義姉《あね》上も、なにかと話題を作り、話しかけるなど、お気をつけていらっしゃる様子です」

「兄上たちにも、ご心配をかけてあいすまぬ」

ここまで一気に話を進めたあと、互いに相手の言葉を待とうとして、二人の間にしばし沈黙が流れた。

梅の木に気の早い鶯がとまったのか、啼き声が書院の間にも届いてきた。

「初音じゃ。今年はいつもより早いようだな」

「そのような気配です」

鶯がまた一声、甲高く啼いた。

「兄上、おもどりになってくだされぬか」

突然、新三郎が切り出した。

「どこへじゃ」

「杉田の兄上も必ずお連れしろと」

「母上はそうはおっしゃられまい」

「母上は、表向き気丈夫にふるまっていらっしゃるだけのこと。ご心配はいかほどでありましょうや。子を案ぜぬ母などこの世にいましょうや。ましてや、ながく行方不明だった子でございまするぞ」

「子の顔を見たからとて、気の休まることもあるまい。見たら見たで、また、心配種がふえるというもの。親とはそんなものだ。よろしゅうにお伝えくだされ、新三郎どの。文左衛門は思いのほか意気軒昂に過ごしているとな」

火鉢の火が赤々と燃えはじめてきた。文左衛門は火箸で残りの炭を寄せた。

「兄上、差し出がましいようではございますが、お怒りになられぬようお聞きください」

「なんじゃ、改まって。それがしは、そなたになにを言われようと怒れる筋合いではない」

「それでは、申し上げます。杉田は一家を構えているとはいえ与力の家屋。お子達も多い。そこで、是非、それがしの家にお住みくだされ。義父上さまも、案じておられます。昨夜も、わざわざそれがしをお部屋にお呼びになられ、離れが空いている、そこにお住みいただければと。義母上さまもそれがよい、それがよいと」

新三郎は、一歩、膝を詰め、たたみかけるように一気に胸の内を告げ、兄を見入った。

「なに、後藤昌之丞さまがか」

文左衛門は火箸の手をとめ、袂《たもと》に手に入れ、半ば眼を閉じた。

「ありがたいことじゃ。もったいない。昌之丞さまのように、才徳を兼ね備えたうえ、度量の大きい方はそうそうおらぬ。お咎めのお言葉を投げられてもしかたのないこのような身のそれがしにまで、お情けをおかけくださるとは。かたじけない。それというのも、なによりもそなたのめざましい働きがあってこその、この不肖の兄へのご厚情だ。いまや、上様直属の、政務に参与する役職。先々嘱望されているそなたのことだ。お礼申すぞ」

「いまのそれがしがあるのは、ひとえに子供の頃から、歩むべき道を、はっきりとその背に見せてくださった兄上のお蔭です」

「いやいや、そなたの精進の賜物よ。かようなご立派な方々のお家に婿養子に入ったからにはこれまで以上、いっそう、お家を盛り立て、ご両親にしかと孝行してくだされ。この兄からのお願いじゃ。ありがたいことよのう、うれしいことよのう」

「それでは、お越しいただけますか」

右手は兄の裾をとり、固く握りしめた一方のこぶしは、左の膝の上に置いていた。

文左衛門は眼を開き、弟を見つめた。

「せっかくだが、そうもいかぬ。そなたも、このたびのそれがしのことで、あらぬ誹謗中傷をその身に存分にうけたことであろう。あれからいくばくかの時を経たとはいえ、もし、ひそかに、昌之丞さまのお屋敷にご厄介になったとなれば、また寝た子を起こすように、いらぬ噂やいわれのない嫌疑を呼び起こすことは、火を見るよりも明らかだ。後藤家にも迷惑がかかることは疑いない。よって、それはできぬ。また、そうすべきではない」

「兄上、兄上の気持ちは十分にわかりますが、われわれとてそのような瑣末《さまつ》なことは覚悟の上のこと。居所さえしかとしていれば、そのうちまた仕官への道も、なきにしもあらずというもの。ご遠慮、お気兼ねは無用でございます」

文左衛門は無言のままである。

「それに加えて……」

新三郎は、こころなし兄の耳元へ顔を近づけ、小声ではあるがはっきりと言葉をつづけた。

「兄上もご存知のことと存じますが、このお屋敷は、京の茶人であられた上田久悦さまを、内々に藩が招聘し、その際、貸与されたもの。いずれ、……いずれはこのお屋敷も藩へお返ししなければなりませぬ。その時期はそう遠くではありませぬぞ」

文左衛門は床の間に飾られた一幅に目をやった。久悦が掛けたまま逝ってしまった水墨画、山水である。

「さようか。是非もなし」

文左衛門は大きくうなずいた。

「では、お決めになっていただけましたか」

「いや」

新三郎の端正な顔がふたたび曇った。

「一体、どうなさるおつもりで」

「わからぬ、これから先はまだ決めてはおらぬ」

新三郎は、ここの家人たちとご一緒でも、と口から出そうになったが、出過ぎたこととかろうじてこらえた。

「わかりました。後藤の離れは、それなりにひろうございます。三、四人は住むのにわけありませぬ。しかし、今日いましがた、突然うかがって、かくかく左様早うにお決めくだされ、と申し上げても、ご返事は無理でしょう。四、五日たって、また、あらためてまいりましょう。是非そのときまでにはご決心を。くれぐれもご遠慮なされませぬように」

深い沈黙が再び書院の間にただよった。

文左衛門は立ち上がり障子を開けた。

渡り廊下を歩む音がした。

「御免くださいませ。入ってもよろしゅうございますか」

「どうぞ」

「おそくなりまして」

巳乃吉がお茶と菓子を運んできた。

「巳乃吉さん、これは、それがしの実の弟です。御用部屋組頭の後藤新三郎です」

新三郎が丁寧に頭を下げた。

「そうでございましたか。弟さまとはつゆ知らず先ほどは失礼をいたしました。巳乃吉でございます。よろしゅうお願いいたします」

「いやいや、こちらこそ、兄上がすっかりご厄介になりまして」

「ご厄介だなんて。こちらこそ、ずいぶん助かっています」

「一応、番犬だね。吠えないから役には立たない。庭をうろうろするだけだ」

新三郎はようやく兄・文左衛門らしい諧謔に会えたと思った。だが、とても口を開けて笑える心持ちにはなれなかった。

三人は期せずして遠く庭に目をやった。

「立派なお庭ですね。小堀遠州流の回遊でしょうか」

「ええ、わたくしはよく存じませぬが、良いお庭になったと主人が常々申しておりました。この頃は手入れが行き届かないものでお恥ずかしいかぎりです」

「いやいや、こうして見ていても実に見事なものです」

巳乃吉は空《から》のお盆を膝元に下げ、うしろに引いた。

「ねえ、文左衛門さま、お食事でもご一緒になされたらいかがでしょう。宮越《みやこし》の浜から好いお魚が届いていますよ」

「おお、それは結構なことじゃ。どうだ新三郎」

「兄上は、お酒はお召しか」

「いや、やめた。もう一生呑むことはあるまい」

「そうでしたか。あれほどお好きだったものを。お辛いことでしょう」

「お正月にもお勧めしましたが、お心は固いようで」

「巳乃吉さん、折角のお誘いですがご無礼いたします。また、いつか兄上と盃を交わせることを楽しみに、そのときまで」

文左衛門は苦笑いをするよりほかなかった。

巳乃吉は、母屋に下がった。

お茶と菓子をとりながら、新三郎は、文左衛門の子供たちのことではなく、吾が子や杉田の甥姪のことなど他愛のない話をした。これも、新三郎が気を利かせて、まず、文左衛門が村山家に残してきた松太郎や丈二郎の話をはじめようとしたとき、文左衛門から、元気であればそれでよい、と制せられ、それよりも甥姪のことを聞きたがったためである。兄がそれらのことを、さも愉快な様子で聞き入っていることに、弟は実のところ戸惑った。途中、もう一度、村山家の子供たちについて触れようとしたときも、元気であればそれでよいと申したではないか、と、強くさえぎられた。こうした言動は、ふつう現実の苦境から耳や目をそらす逃避のように受けとられるものだが、この弟にはそうは映らなかった。兄の熟考のうえの達観という思考を、これまでつぶさに見てきていたからである。弟は、この期に及んでもそれを貫く兄の潔《いさぎよ》さに感服した。

新三郎がどうとろうと、文左衛門には文左衛門の考えがあった。残してきた子供たちのことを聞きたいのはやまやまであったが、それは一方で、深い底なし沼に足を一歩踏み入れることとおなじであった。そして、このような状況では、話す方が細心の注意を払ってしぼり出す言葉でも、聴く方は、話す方の端々の言葉に、深い執着を抱えてしまうことになるということを、文左衛門は熟知していた。

また、新三郎はこの時をとらえ、兄がどのような事情でこの屋敷に住むようになったかをたずねたい衝動にかられたが、無粋のような気がしたし、うすうす察しがつくことでもあったので、あえて問うのをやめた。今は、兄がともかく健やかで暮らしているのを目の当たりにし、もうそれで十分であった。なんの余計な詮索が必要であろうか。新三郎は心からそう思った。

「兄上、江戸勤務、上屋敷定府の誠之助さまからも、兄上の身の上をご心配なさって、それがしのもとに、兄上宛の書簡が届いております」

「なに、誠之助どのから」

村木誠之助はこの兄弟の母方のいとこである。歳は文左衛門より一つ上で、武芸に秀でた大将肌の男であった。幼い頃、この誠之助を先頭によく近くの野山を駆けめぐった。

新三郎が懐から書簡をとり出し、文左衛門の前に置いた。文左衛門は、それを鄭重にうけとると、折りたたまれた書状を開き、目を走らせた。そして、最後まで一気に読み終えると、またもとどおりに折りたたみ、ひとつ頭上におしいただき、新三郎へ手渡した。

「ありがたいことじゃ。さっそく、一筆したためたいところだが、このような身ではそうもいかぬ。なにかの折に、それがしに代わって、くれぐれもよろしくお伝えくだされ。おたのみ申す」

「ご承知仕りました。それでは、そろそろお暇《いとま》いたしましょう」

「そうか、よくここを訪ねてくだされた。礼を申すぞ。母上、兄上はもちろんのこと、後藤家のご両親にも、御礼申してくだされ。本来なら、こちらから出向いて平にお詫び申し上げねばならぬ身なれど、人目をはばかるゆえ、ご寛恕を、とな。それと身内の者のほかは、この居所、他言無用にしていただければありがたい」

「兄上」

兄が最後に申し添えた「他言無用」の言葉を聞いた新三郎は、立てた片膝をもとにもどし、思い出したように、あらためて文左衛門の方に向きなおり、話を切り出した。

「兄上、昨年の初冬、御藤の方さまから、兄上がその後どうなさっているか知りたいと、奥の者を通じてそれがしにご下問がございました。しかし、それがしも、いっさいわかりませぬ、としかお答えのしようがございませんでした。他言無用と申されても……」

文左衛門の顔色がさっと変わり、顔つきが一瞬きつくなった。そして、しばし翳りを見せたあと、みるみるうちに紅潮してくる様子を、新三郎は見逃さなかった。それどころか、そのあまりの変わりように、むしろ驚きと戸惑いさえ覚えた。二歳年下の新三郎は、兄が真祥庵でお藤さまに出会ったときのことを微かに覚えている。そして、文左衛門の深酒の原因が、祝いの酒樽にあったことも、とうに察していた。

「御藤の方さまが、それがしのことを……」

「はい、奥の者が申すには、なにかの折に、くだんのことをお聞きになられ、たいそうご心配なされておいでとのこと」

文左衛門はしばし天井を仰いだ。

「おめでたい吉日の不始末。お手打ちにあってもやむなきこと。それを、あろうことか、この不束者《ふつつかもの》に、かえってご厚情を示されるとは、文左はなんという果報者じゃ。うむっ……」

声ともつかぬ声が文左衛門の咽喉元から洩れ出た。そして言葉をついだ。

「新三郎、いや新三郎どの、もしふたたびそのときがあったら、御藤の方さまに伝えてくだされ。文左衛門はもとのひょうきん者の文左にもどりました、となと」

「兄上、承知いたしました。かならずお伝えいたしましょう」

弟は、兄のこころの裡《うち》を、過不足なく忖度した。

「それではいよいよお暇を」

「まて」

文左衛門はやおら腰を上げると、部屋の片隅に立てかけてあった三味線に近づき、棹を左手でとり、右手で覆いの布をはずし、一角に正座した。

「聞いていくか」

否と言わさぬ、重厚な落ち着いた声が、新三郎をふたたびすわらせた。

しばし時が流れ、三味線の軽い音合わせを終えると、文左衛門は一呼吸をおいた。やがて、三味線の音曲とともに、唄がゆるやかに口元から流れ出た。

　甲斐なきこの身は　水面《みなも》に投げん　待てと流るる　三味の音

　実のみ残して　吐かれし種も　土が包んで　花咲かす

「もう、侍にはもどらぬ。一生、唄って過ごすつもりじゃ。いま、そう決めた」

はるか彼方に　咲く幾房の　姿やさしき　藤の花
割られ流れし　お城の根雪　もとにもどらぬ　雪解川

新三郎はもうなにも言えなかった。橋の上での巳乃吉の機転が、窮地の兄を救ったことも、遠くからの御藤の方さまの情けが、兄のこころの区切りを後押ししたことも、弟にはよくわかった。新三郎の訪問は意図せざる結末に至ったが、誰よりも文左衛門を知る新三郎には、理解できないものではなかった。御藤の方さまのことを告げてしまったばかりに、兄の侍からの訣別の決意を、早々に引き出してしまった。しくじったかもしれない。しかし、それはしかたがない。これからお城で顔をあわせることもあろう。そのとき兄の他言無用の言いつけを守って、いつまでも知らぬ存ぜぬでは、折角の兄へのお気づかいを無下にしてしまう。そんな心からつい飛び出した報告であった。だが、この報告は、兄にとっては衝撃的であったようだが、これをことのほか喜んでいる。――終わったことは変えられないが、これから先のことはいくらでも変えられる。――これは兄の少年のときからの口癖でもあった。新三郎は兄のそういうところが好きであった。

唄の消えた三味線の音だけを聴きながら、大事件のあとにもかかわらず、以前と変わらぬ兄の面相を拝し、自死を決意したころの兄の顔を知らぬ新三郎は、胸のうちでそんなことを思っていた。

そして、同時に心のなかでつぶやいた。

――それにしても、三味線と唄はなかなかの腕前だ。多分、ここで習得したものであろうが、こんな特技がこの兄にあったとは、つゆ知らなかった。なによりも情感があり、不思議な魅力がただよっている。自分よりもずいぶん小柄な兄ではあるが、正座し、凛と背筋を伸ばして、姿正しく音曲を演じるこのときばかりは、いつもよりずいぶん大きく見える。

新三郎は、つくづく感心し、兄を見直した。

三味線の音が途絶えた。

「それでは失礼仕ります。兄上、くれぐれもお達者で」

弟は兄に向かって最後の暇を告げた。

「そなたも達者でな。送らぬぞ」

新三郎は渡り廊下を引き返した。新三郎が途中で内に向かってひと言声をかけた。あわてて送りに出た巳乃吉と、玄関口でなにやら話している。言い争っているようにも聞こえる。

文左衛門は仔細かまわず、再び三味線を弾きつづけた。その音色は、次第に早く、大きくなり、やがて撥で打ち鳴らす奏法に変わり、門の外の新三郎の背を追いかけた。

こんな奏法は初めてである。以前から撥で思い切り糸を叩くように演じてみたかった。巳乃吉の奏法に叩きもあったが激しいものではない。ある日、巳乃吉の留守の折、試してみた。危惧した通り、その音があまりにも大きかったので、何事かと、お豊が飛び込んできた。一回きりでやめにした。とても音曲になりそうになかったからである。だが、いま即興で演じた奏法が情感あふれる音曲を醸し出した。新三郎との会話の一つひとつが眠っていた奥底の魂を揺さぶり、目覚めさせ、懐郷の旋律となって、棹と糸に乗り移ったのであろう、図らずも、曲がりなりにも、他人に聴かせられるものになっていた。新三郎との再会は、期せずして文左衛門の芸の幅を、ひとつ、広げることとなった。

昼下がりのおだやかな陽光が、梅の蕾をまたひとまわり大きく膨らませたようだ。

門前まで見送りに出た巳乃吉は、供を従え橋を渡ってゆく新三郎の後姿を見届けると、橋に向かい深く一礼をし、屋敷にもどった。

巳乃吉は茶碗を下げるため書院に入ってきた。ようやく文左衛門は三味線をやめ、棹を寝かせた。

「新三郎さまがこれを」

巳乃吉は、松葉色の袱紗で包まれた品を、文左衛門の前に置いた。その形からすぐ金子とわかった。

「そうですか。貰っておいてください」

「でも、これはあなたさまへご持参なされたものです」

「新三郎がそう申していましたかな」

巳乃吉は黙っていた。

「新三郎がここへ訪ねてくるからには、予めこちらの様子を下調べしてのことであろう。それはあなたへのお礼だ。遠慮はいりません」

「でも、それでは」

「もっとも、それがしがもっていたところでまさしく猫に小判だ。いや番犬に小判かな、はっはっは」

文左衛門は片手でそっと袱紗を巳乃吉の膝元へ押しもどした。文左衛門は、書院の奥の納戸の書物棚のうしろにもう一つ棚があり、書物をとりに行くごとに、いくつも並べられている箱の数々を見ていた。そして、それぞれの箱書きから、茶碗やその他茶器のたぐいであることも知っていた。さらに、その箱がすこしずつ減ってきているのも見抜いていた。

「では、ありがたく頂戴いたしますことに」

巳乃吉は包みを両手でとりあげると、自分の額近くにいただき、いましがた新三郎を見送った方に向きを変え、ひとつ拝礼をした。

いつの間にか鶯も二羽になって梢を行き来している。

「ところで、巳乃吉さん、突然だが、それがしは金輪際、侍はやめることにしました」

「あれあれ、いかがなさいましたか、急に」

「一人の町人となって、芸の道に進みたいと思います」

伏目がちに決心を告げた文左衛門が眼を上げると、巳乃吉は目を細め、笑みをたたえている。もちろん兄弟の話し声は、母屋にもすっかり聞こえていたのだったが。

「そうですか。とうとうご決心なされましたか」

「はい、お許しくだされば、それがしは今日から、巳乃吉さんの偽りではない本当の弟子になりたい」

「おやまあ、まことの弟子ですか。この巳乃吉、ちょっとは世間に知れた鬼師匠、稽古は厳しいので有名ですぞ。よろしゅうございますか」

「はい、覚悟の上でございます。なにとぞよろしくお願い申し上げます」

文左衛門は畳の縁に両手をついて深々と頭を垂れる動作に入ろうとした。巳乃吉はあわてて近寄り、両手を上げさせた。

「冗談ですよ。お侍さんが芸人になるなんて、そう簡単にまいりませぬ」

「お師匠さん」

「そうはいきませぬ」

「杉田文左衛門、今日が一回目の命日でございます」

「おやおや、気の早いこと。なんと言われても、だめなものはだめです」

早春の風が書院の間を抜けた。床の間の掛け軸がカタっと鳴った。

「おやおや、旦那さまもそうおっしゃっておいでのよう」

「久悦さまも笑っておいでだ。いやいやわたしにも挨拶をしろと催促しておいでだ」

文左衛門は床の間の前ににじり寄り、巳乃吉への拝礼とおなじように深々と頭を垂れ、上げた顔でまっすぐ山水の仙人に眼を向け、朗々と口上を述べはじめた。文左衛門は、この画を見るたびに、杖をもって岩に立つ小さな白髭の老人が、久悦に思えてしかたがなかったのだから、この仕草は、あながち演技とは言いきれない。

「杉田文左衛門こと文左は、本日をもちまして、久悦さまお抱えの巳乃吉師匠のもとに、まこと弟子入りさせていただくことと相成りました。久悦さまにも、なにとぞよろしゅうにお引きたて申し奉りまするぅ」

口上を述べ終わり、ふたたび頭を垂れると同時に、掛け軸がまたカタっと鳴った。その両方の動作があまりにもぴったりしたので、この世の両名は目をあわせて吹き出してしまった。しかし、文左衛門は、あの暮の凩の夜のことを思いだして、すぐ口をへの字に結びなおし、掛け軸に非礼を詫びた。

一方の巳乃吉は笑いが一向に収まらないでいた。だが、文左衛門のその後の真摯で執拗な申し入れにも、決して首を縦にふらなかった。

文左衛門も負けてはいなかった。

「なにとぞ、なにとぞ、今日からこの文左衛門を文左と呼んでくだされ」

巳乃吉は困り果てたが、ここは決して引いてはならぬと心した。

「ところで、文左衛門さまは、なぜ、あえて芸人になろうとなさるのですか。いままでのように気ままに三味線と唄を楽しんでいらっしゃればよいのではございませんか」

「いつまでも、巳乃吉さんのお世話になっているわけにはまいりませぬ。侍をやめると決めた以上、自分で口過ぎをしていかなければなりませぬ」

「いいじゃありませんか。いままでどおりで」

「そうはいきませぬ。決めた以上、芸を磨かなければなりませぬ、それに……」

「それに、なんですか」

「侍をやめても男の沽券《こけん》というものがございます」

そこまで言われては、巳乃吉も黙るよりしかたがなかった。だが、文左衛門を見据えた顔には――まだ、諾とは言っていませぬぞ――という強い意思がありありと表れていた。そして、文左衛門から突然飛び出したこの「沽券」という言葉に、芸人道の行く手に深く突き刺さる杭のような危うさを、直感的に巳乃吉は感じとっていた。

巳乃吉は、文左衛門の三味線や唄に現れた天性の伎芸に、たしかなものを感じていた。やりようによっては、芸そのものはそれなりの位《くらい》を得るであろう。でも、芸人としては別である。芸で暮らしを立てていこうとするときには、厳しい試練と、それに伴う相当の辛抱を余儀なくされることを知りつくしていた。これまで、芸の道に生き、いろいろなことを聞いてきたし、いろいろなものをこの目で見てきた。その悲哀は口に出して語るのもはばかられるほど、巳乃吉の心身に深く染み込んでいた。芸人など、口で言うほど生やさしいものではない。まして、これからその道に進もうとする相手はもともと侍である。堪忍袋の緒が切れて、途中で投げ出す公算が大である。そうなれば、進んで臨んだ己が惨めになるだけだ。一度は折れ、ようやく立ち直った心が、またばらばらになってしまう。巳乃吉は、断りつづければ、いずれ文左衛門は入門志願を諦めるだろうと考えた。そして、諦めさせることが、一番好い選択だと心底から思っていた。

その日は一応それで終わった。木に高く鴉が啼いた。

最後に文左衛門が、

「それがしは諦めません」

と、柔和な顔にもどって言った。

「そうですか」

巳乃吉も気のない返事をひとつ返して、笑顔で盆を引いた。

杏《あんず》

　数日が過ぎた。この間、折にふれ、入門依頼を欠かさなかった文左衛門であったが、巳乃吉の返答は、相変わらず、「否」というそっけないものであった。文左衛門はやむなく、これまでどおりの生活をくりかえすほか、手立てがなかった。すなわち、読書、三味線と唄の独習、庭歩き、日が落ちてからの川辺の散歩など。だが、文左衛門とて諦めたわけではなかった。

　ある晴れわたった暖かな日のことであった。

　出稽古のため、準備にかかろうとしていた母屋の巳乃吉に、書院の間から出てきた文左衛門が、襖の向こうから声をかけた。

「もうそろそろ、お許しをいただけませんでしょうか」

「おや、またですか」

「ええ、なにとぞ」

　巳乃吉は、しばらく無言で三味線の音を調律し、弦の具合をたしかめていたが、それを終えると、まだ引き下がらずひかえている文左衛門に向かって言った。

「今日の帰りはおそくなりますから、暮れ六ツ（午後六時）に、町側の橋のたもとで待っていてください な。三味線をおもちになって」

文左衛門の顔が明らかに紅潮した。

「それでは……、ありがとうございます。心してまいります」

文左衛門はその場で踊り跳ねたいのをこらえ、着替えをしようとする巳乃吉を母屋に残し、小躍りして渡り廊下を越え、書院の間に入ると、後ろ手で襖をそっと閉めた。

「久悦さま、とうとう許可がおりました。ありがとうございました」

掛け軸に向かい手をあわせ、声をかけた。

――待ち合わせは夕刻だ。まだ町はすこし明るい。きっと川沿いの下流にある伎芸の女神、弁天さまにお参りしようっていうのだな。道具の三味線もきっといっしょに祈願するつもりだ。そうそう、常々道具を大切にする者は、いずれ道具に大切にされる、ってお師匠さんが言ってたな。でも、たいがいそんな気の利いた言葉を並べたあとに、決まって、旦那さまがいつもそう言って教えてくれた、って言葉も付け加えるのだが、そこが憎い。いや、ありがたい、ありがたい、久悦さま、ありがとうございます。

文左衛門はふたたび掛け軸に手をあわせた。

「じゃ、行ってまいりますからね。お約束はお忘れなきよう」

渡り廊下の向こうで凛とした声がした。文左衛門は書院の間を飛び出した。

「はい、忘れるもんですか、行ってらっしゃいませ」

もう、お弟子さんのようなふるまいと調子である。長い間温めていた夢の実現を目前にひかえ、本物の弟子以上に弟子らしく演じている。いつのときも、偽物は本物よりどぎついのが世の習いだからしょうがない。巳乃吉が去った後の書院の間は、文左衛門の独壇場である。文左衛門の独り言が止まらなくなった。

「よしっと。三味線をもってこいとおっしゃったな。これはひょっとすると弁天さまのまえで、一曲奉納なさい、と、いわれるかもしれないな。まず、咽喉を慣らしておかなければ、エ、エッツ、エン、よしよし、どおれ、唄おうかな」

三味線の音にはじまり、文左衛門の声が室内を充たし、庭に流れ出た。思いのほか声が張り、さびもきっちりと唄いこまれている。声柄も節回しもいつものとおりだ。書院のうしろの崖に沿って、音曲が、そして唄が、春の空へ伸び上がってゆくようだ。

「これなら、一応、弁天さまも及第点をくださるだろう。祠《ほこら》の中の弁天さまは、どんなお顔をされているのだろう。きっと、うちのお師匠さんか、お藤さま、……（ブルルッ）いけない、いけない、そういう淫らなことを想像しては罰が当たる。いつなんどき以心伝心でこの気分が伝わって、お師匠さんの気が変わらないともかぎらない。いけない、いけない、いけない、油断してはいけない」

独り言もすっかり町人風に化けて、数日前の新三郎との対話とは大ちがいだ。もっとも新三郎の出現で、胸につかえていた生家への謝罪と、伝えるべき謝恩の箍《たが》がはずれ、ずいぶんと肩の荷が軽くなったことは、まちがいない。

気分直しに、草履をつっかけて庭におりた。渡り慣れた庭の置石は、今日の文左衛門には狭すぎる歩幅である。築山で一節うなった。もう一節、もう一節。生垣の一角に、いつもは気づかない木賊《とくさ》が、つんと群れをなして、文左衛門を迎えてくれている。文左衛門にはそう見えた。ふたまわりを終えて、室にもどったが、なかなか時刻がはかどらない。いよいよ、気が急《せ》いてきた。ひとまず落ち着こうと、仰向けに寝ころんだ。心配はご無用だ。このまま眠ってしまい約束の時間におくれてしまった、ってことは、まずない。頭はびんびん冴えまくり、目はらんらんと耀いているのだから。

「よし、出立だ」

文左衛門自身、約束の時間にずいぶん早すぎると思ったが、居ても立ってもおられず、出れば出たでなんとかなるだろう、と高をくくって玄関に向かった。もちろん、書院の間を出るとき、掛け軸の久悦翁に、深く一礼したことはいうまでもない。のみならず、そこらかまわず拝礼をした。その気分そのままに渡り廊下を渡ったものだから、突然、顔を出したお豊にまで、大きな深い拝礼をしてしまった。お豊も、ついつい、つられて、深々と拝礼をしたものの、腰を起こし妙な顔をしたまま、首をかしげ、無言で、文左衛門を見送った。

門を出て、さすがに早すぎたと思った。己の異常な高揚感に、すこしばかり気が引けた文左衛門は、橋への道を採らず、反対の道、すなわち、いつも夕刻の散歩で向かう川上への道を採った。しかし、一度は川上に足を向けたものの、長つづきはせず、すぐに引き返してしまった。さらに、ふたたび屋敷の前を通り過ぎるとき、「声は大丈夫、三味線はもったし」と二度ほどくりかえした。

橋を渡るのは久しぶりである。半月形の編笠を前屈みに深くした。口元は人馬のほこりを避けるかのように、紺の布で覆っている。一見、さも怪しそうである。

大橋は、往来する人々でにぎわっていた。文左衛門は、橋を渡り終え、屋敷を早く出すぎたことを悔いた。まだずいぶん早い。何度か編笠の前の部分に手をやり、目線の加減を計った。

一箇所に、じっと、とどまっていてもしかたがないので、橋のたもとを右に折れ、上流への道を歩んだ。ほんとうのことを言えば、まっすぐ大通りへ進み、久しぶりに街の様子を見たかったが、さすが人目を気にして思いとどまった。だが、いったん進んだ上流への道も、長つづきはせず、すぐに折り返すはめとなった。橋のたもとにもどると、あたりを見渡し、近くの川縁に植えられている栗の木の根元の、平らな石に腰をかけた。

久しぶりの大通りである。度胸を決め、街道筋を往来する人馬を眺めることとした。幸い、諸事に忙しい人々は、文左衛門をいぶかる様子もない。

やがて、日が傾き、落ちはじめた。そして、あたりが薄紅く染まりはじめる頃、文左衛門は咽喉の塩梅を気にして、小さな声で一節唄った。そして、つづけて幾節か丹念に唄いながらも、これからほんとうのお師匠さんとして崇《あが》めるべく、巳乃吉の帰り姿を見逃すまいと、大通りの彼方に目を凝らした。

まもなく、三味線を抱えた巳乃吉が、大通りに姿を現した。遠目で見ると、さすが若い頃茶屋街で粋な客筋を唸らせただけあって、姿がよい。

「お師匠さん」

文左衛門は巳乃吉を大通りの途中まで迎え、そっと近づくと、右手で編笠をすこし上げた。ところが文左衛門の意に反し、巳乃吉は、まるで知らぬ人に会ったような素振りで、文左衛門とは目もあわさず、声もかけずに、そのまま道をまっすぐに進み、橋のたもとで右に折れた。すなわち川下の方へ歩みを向けた。文左衛門は、思ったとおりの方向に合点し、あとにつづいた。

橋のたもとを五間ほど歩いたところに、柿の木が植えられていた。巳乃吉はそのあたりで突然歩みをとめた。そこには莚《むしろ》を敷き、菰《こも》をかぶった物乞いがひとり頭を垂れていた。そして、その前には、やや大きめの湯飲み茶碗がひとつ、無造作に置かれていた。見たところ銭らしきものは入っていない。

「おまえさん」

巳乃吉が腰を屈め、菰の男に声をかけた。

「銭が欲しいんだろう、ここに十文あります、さあ、何か唄っておくれ、唄ってくれりゃ、この十文はおまえさんのものだよ、どうだい」

物乞いは黙っている。じっと頭を下げたままである。

「さあ、どうなんだい。十文では不足かい。じゃあ、あと十文加えて二十文だ。さあ、唄っておくれ、なんでもいいよ、ひと節でいいんだ」

巳乃吉は切々と唄を乞う。男は微動だにしない。巳乃吉はあれこれと言葉をかけ、男をうながす。通りがかりの人たちが、ぽつりぽつりと集まりだし、夕闇に染まる川辺に人垣ができた。

「なんとか言ってちょうだい、おまえさん、金子が欲しくてすわっているんだろう、二十文もだよ、たったひと節でいいんだよ。なんなら三十文だって。どうだい」

物乞いは唄うことなく、咽喉から手が出そうなほど、恋い焦がれる目の前の金子を、なんとか茶碗に投げ入れてもらおうと、頭をさらに低く、もう地面に着きそうなぐらいまで垂れ、身を小さくし、かしこまっている。

「愚図愚図しないで唄ってちょうだい、どうしてもできないっていうのかい」

ふくれあがった人垣は、巳乃吉の啖呵《たんか》に圧されて静まり返り、固唾《かたず》をのんで事のなりゆきを見守っている。

「やっぱりダメかい、しょうがないね」

巳乃吉はやおら腰を上げ、まわりを見渡し、人垣にまじって立っている文左衛門の方に目をやった。

「おや、棹をおもちの芸人さん、ちょっと、この人にお手本を見せてやっておくれ。そうすりゃ、この二十文は芸人さんのものだよ」

文左衛門は、巳乃吉のこれまで見たこともないような眼に射抜かれ、瞬間たじろいだ。そして、これまた氷のように固まってしまった。頭が真っ白になるとはこのことだ。人だかりはずいぶんふくれあがった。巳乃吉が矢のような催促をする。咽喉が、からからに渇いてくるのがわかる。巳乃吉に応えるため声を出そうとするが、なんと言っていいのかわからない。さらに具合が悪いことには、こんな大勢の前で唄うことはとてもできないと、脳の皺が完全にちぢこまってしまっている。やんやと野次と軽口がとぶ。三味線をもつ左手が、かじかんだように動かない。思わずその場で目を伏せ、頭を横にふってしまった。

「なんだい、どいつもこいつもだらしないね。今夜は、まったく、おもしろくないね。それじゃ、もうここからおさらばだ。どいつもこいつも、まったく」

巳乃吉は不機嫌そうに吐き捨てると、深紫に金刺繍をほどこした、二つ折りの布の財布に、さっさと二十文を仕舞い込み、その財布を帯の内に強く差し込んだ。そして、ぽん、と帯をひとたたきすると、そのまま、すたすたと人垣を分けて去ってしまった。それとともに、人垣も解け、それぞれ薄闇の町に散っていった。

ひとり文左衛門は、その場に立ちすくみ、頭から血が引き、くずれそうになる我が身を、かろうじて気力で支えていた。物乞いが気の毒そうに菰から眼を出した。その眼が、編笠の奥で固まっている文左衛門の眼を突き刺した。その瞬間、菰がはずれ、ニタリと笑った口の中から、一本だけの前歯が突き出た。その表情は、オイラもオマエもおなじ穴の狢《むじな》だ、同類だ、と言いたげであった。それを見た文左衛門は、おぞましいものを見たように瞼を閉じ、ぶるっと身をふるわせ、逃げるようにその場から立ち去った。

だが、橋はどうしても渡れなかった。そのまま、栗の木の横を抜け、川上へと足が向いてしまった。帰るべきところを、一瞬で失ってしまった。悄然たる身に、暮れ六ツの鐘がどっぷりと降りかかった。

――なんという情けなさだ。たしかにいまの己は、あの物乞いとなんら変わりはない。口過ぎのために芸を磨き、一人前の銭のいただける芸人になりたい、そのために弟子として芸を仕込んでほしい、と巳乃吉さんにむりやりお願いしている身である。だが、銭を渡すから芸をしろ、といわれて思わず身がすくんでしまった。大勢の人垣にかこまれ、恐れをなしてしまい、恥ずかしさが全身を襲ったことは疑いない。そのうえ、銭を目の前にして、銭が欲しかったら芸を披露しろ、と貶《おとし》められ、鎌首をもたげた己の沽券、すなわち口先とはちがって、まだ心に残っている侍としての沽券が、それを許さなかった。

歩きながら、文左衛門の頭の中は、ぐるぐるといくつもの渦潮が、激しくぶつかりあい、おなじ独り言をくりかえすばかりであった。

——弟子入りという大事なことを、たのみつづけてきたこれまでの言葉が、なんと軽薄なものであったことか、自分がなんと浅はかであったことか。

巳乃吉は、明らかに、弟子入りの覚悟を問う試練の場を設けたのであった。そんなこともわからず、昼間から浮かれていた自分を呪った。

——いや、たとえ今宵が試練だとわからなかったとしても、それはそれでしかたがない。問題は唄えなかったことである。物乞いは菰をかぶっていたが、自分は、なにかをまとっていて、それを脱げなかったのである。編笠ではない。心のかぶり物である。それを脱ぎ捨てなければ、芸人になることなど到底おぼつかないことである。多分、巳乃吉はそれを気づかせたかったのであろう。今となってはそうとしか思えない。それでは、自分はそれを脱げるか。気位、見栄、沽券のたぐいをだ。これらは一朝一夕に脱ごうとして脱げるものではない。どうすればいいのだ。脱げるか、脱ぐ決心ができるか。

半月の夜である。土手をくだり川原に立った。川面がおだやかに波打っている。編笠をとり、水辺に屈んで手に水をすくい、思いっきり顔を洗った。何度もこするように洗った。

熱をおびた面の皮に冷水がひろがった。

——侍をやめる決意をした以上、なにかをして生きていかなければならない。幸い、唄は好きだ。三味線も好きだ。心の鎧を脱ぐことができるもできないもない。ともかく努力して、なにがなんでも、この壁を克服しなければならない。これがまず第一歩である。いまさら引き下がれない。また、引き下がるつもりなど、これっぽっちもない。いま考えうる最良の道は、失敗は失敗として、恥を忍んででも、前へ進むことだ。いまは、それしか考えつかない。

文左衛門はだんだん落ち着いてきた。

——しくじったものはしょうがない。まず、帰って師匠に土下座して謝ろう。すべてはそれからだ。それがまず第一歩だ。

あれから一時《いっとき》（二時間）も過ぎたであろうか、文左衛門は立ち上がった。目と鼻の先にある屋敷ではあるが、屋敷までの道は、遠く、長かった。

門の錠は開いていた。

玄関に立つと、お豊が顔を出した。

「お師匠さまは先にお休みになられました」

「なにかお言い付けはないか」

「いいえ」

「そうか」

文左衛門は、ほっとした。すべては明朝だ、と観念した。

書院の間の襖を開けると、行燈の灯がともっていた。おのずと掛け軸の久悦に目が行った。まず、今夜の報告とお詫びだ。

——おや。

文左衛門は、床の間の中央に置かれた竹筒の花器に、淡紅色《うすべにいろ》の花をつけた一枝の杏が活けられているのを見つけた。

「お豊さんが……」

だが、すぐに思い直した。

――お豊がそんな気の利いたことをするとは思えない。それに、いかにお怒りであろうとも、あの巳乃吉さんが、橋のたもとでの情けない話など、お豊にするはずがない。よって、杏の花を活けたのはお豊ではない、とすると……。あとははっきりしていた。

「巳乃吉さん……」

弟子になりぞこなった文左衛門であったが、床の間に向かってひざまずき、深々と一礼した。

文左衛門は、床に就き、布団を頭からかぶった。だが、当然のことながら、なかなか寝つくことができなかった。

翌朝、目が覚めて、目に飛び込んできた障子の明るさに、しまった、と思った。寝坊である。昨夜は眠りにつくのが明け方になってしまった。うつらうつらして眼を覚ますと、もう日が高くのぼってしまっていた。

急いで着衣を整え、母屋に向かうと、手前で巳乃吉の声がした。

「文左衛門さま、今日は御用が入って、これから出かけますからね」

姿は見えない、巳乃吉の部屋からである。

「巳乃吉さん、あの、……」

「急いでいますから。話だったら、帰ってからにしてくださいな」

巳乃吉の口調はいつもとちっとも変わらない。

「まったく、朝一番のお使いのお文で呼び出されて」

まんざらでもない用事らしい。どこかの武家からか、町の商家からか、お座敷がかかったようだ。部屋から顔を見せた巳乃吉は、いつもの微笑を文左衛門に残して、そそくさと屋敷をあとにした。昨夜はなんにもなかったように。

文左衛門は、しばし面食らって廊下に突っ立っていた。

残された文左衛門は、その日、一日、ぼんやりと過ごした。

巳乃吉は、昼八ツ（午後二時）に帰宅したが、もうこの日の稽古の娘達が待っていたので、話せるのは夕刻になってしまった。だが、文左衛門が話を切り出そうとするたびに、肩透かしを喰った。巳乃吉は、その話を嫌うかのように、まともにとりあおうとはせず、その都度、見事にはぐらかしてしまうのであった。それゆえ、時がたつにつれ、文左衛門の方も気持ちがしおれ、入門志願の意気込みも、希薄になっていかざるを得なかった。

そんなことがあってか、文左衛門の正式な弟子入りの話は、いつしかうやむやになってしまい、やがて以前の悠長な居候生活にもどってしまった。もちろん、三味線と唄の独習をやめたわけではない。むしろ、以前よりも熱心に独習に励む文左衛門の姿があった。あれ以来、一言も入門志願を口に出さなくなった文左衛門であったが、まだ諦めていないことは、巳乃吉にもよくわかっていた。

巳乃吉はこう考えていた。

もう、いくさがなくなって百年、家系でいうと四、五代目にもなる。いまや弓矢の時代でもあるまい。戦場で手柄をたてて、ふたたび仕官するのもむずかしい世の中である。己のしくじりゆえに職を失い、流浪の日々に、偶然に見つけ、萌芽した己の才覚を、修行により開花させ、己の生業となすことも、生きていくために必要あろう。だが、その道が芸道であれば、その道で生きる糧を得るために、まず、たたき割らなければならない武具を、文左衛門は、まだ、まとっている。沽券という鎧、兜である。もちろん、たとえ芸人といえども、人間としての誇りは必要だ。だが、その誇りは、薄っぺらい沽券をはがしたあとに、はじめて、心底にしっかりとすわる誇りでなくてはならない。そこで、その殻を破る手法の第一段として、巳乃吉が文左衛門にたいし、まず教えたかったことは、芸人と名乗る以上、声がかかった次の瞬間には、もう芸を出せるぐらいの心構えを常々もっていてほしい、そんな厳しさを身につけてほしい、ということであった。

だが、一方で、元は侍の文左衛門が、そういう芸当をすぐにできるとは、端から思っていなかった。もし簡単にできるものであるなら、自分の半生は紙のように薄っぺらいものになってしまいかねない。

一枝の杏は、そのことを暗示していた。

朧月《おぼろづき》

桜の季節が到来した。人々は、枝々の蕾が開くのを心待ちにしている。起伏に富み、坂道の多い金沢では、桜木の上からも、下からも、花見ができる。

書院の奥の納戸と母屋の間に車井戸がある。お豊は、いつもその井戸の綱を一桶上げるのに、十二回もたぐらなければならなかった。それを見かねた文左衛門は、お豊の下駄の音がすると、廊下に出て、井戸端におりて手伝った。それゆえ、井戸の手前に、専用の男物の下駄さえ用意されていた。ある日、夕餉の準備のため、井戸へ水を汲みにきたお豊は、手伝いに現れた文左衛門を見て、腰を抜かさんばかりに驚いた。声も出ない。

文左衛門は髷《まげ》を切り落とし、ざんばら髪である。うしろの方は申しわけ程度に紐で結わえている。お豊は、仰天のあまり声をかけることもできず、手を貸す文左衛門の顔を見ないようにして、黙々と水汲みをした。ところが、心がよほど動転していたのであろう。途中、一度、ころんでしまい、うしろに積んであった桶組みをくずし、おまけに、そのひとつを尻で割ってしまった。それでも黙ったまま起き上がり、水の入った桶を手に、早々に母屋へ下がっていった。文左衛門は居残って、くずれた桶をもとの位置に積み並べた。

お豊は巳乃吉の帰りを、いまかいまかと待った。そして、巳乃吉がもどるやいなや、さっそくそのことを告げた。それを聞いた巳乃吉は、三味線をお豊にあずけ、渡り廊下を踏み、書院の間へ急いだ。

書院の間では、文左衛門が文机の書物に目を通していた。頭のうしろで、結われた短い髪の束が垂れている。

「どうなさいまして」

「これですか」

頭に手をやった。

「いつかはこうしようと思っていたのです。今日は、日差しがずいぶん暖かでしたから」

巳乃吉は文左衛門の頭から目を離した。

「巳乃吉さん、わたしは、門付《かどづ》けに廻ろうと考えています」

「それでその髪に」

「ええ」

門付けとは、家々の門口で音曲を奏し、また唄を披露して、金銭をもらって歩くことである。

「もう、そうお決めになったのですか」

「ええ、決めました」

「そうですか」

巳乃吉は、文左衛門がよくよく考え抜き、ひとたび決心し、口にした暁には、決して引き下がらない性格であることを、これまでの同居生活でわかっていた。

「芸を売って金子をいただくということですね」

「そうなります。お許し願います」

巳乃吉は、しばらく考えごとをするように、掛け軸を見つめていた。

「わかりました。では、これだけは覚えておいてください」

「はい、なんなりとも」

「まず一番目に、なにがあっても、なにが起ころうとも、門付けのあいだは、お怒りを収めること。二番目に、どんな金子であろうとも、誰からいただこうとも、少なかろうと多かろうと、汚れていようと清かろうと、ありがたく拝受なさること。金子には罪はありません。そして、最後に、いただいた金子は、決して、粗末に扱ってはなりません。なにごとも、大切にしたものから、のちのち大切にされるものですから」

巳乃吉は、旅に出る子を諭すように、向かいあっている文左衛門に忠告した。文左衛門もこんな巳乃吉を見るのははじめてだった。これから入り込もうとする新しい世界に、すくなからぬ畏怖を感じ、緊張が走った。熟慮の末に決めたことである。あの橋のたもとでとった意気地のない行動にたいする巳乃吉の叱責を、まだうけていなかったし、文左衛門の方からも、まだ謝意を表していなかった。なにか中途半端な心持ちのまま、ここまできていたのである。文左衛門は、そのような心持ちと訣別したかった。そのため新しい境地をひらきたかった。それに、幾分かでも自分の働きにより、この屋敷に金子を納めたかった。納戸の箱は無尽蔵ではない。

「はい、よくわかりました。お言い付けは必ず守ります」

文左衛門の返答に、無言で書院の間をあとにした巳乃吉には、先ほどの三つのことは、しっかりと伝えておかなければならない、との強い思いがあった。文左衛門はといえば、三つのことについて釘を刺されたものの、すんなりと巳乃吉の許可を得ることができ、ひとまず安堵した。

それからしばらく、冷たい春雨がつづいた。桜の開花も一服である。三日目に雨が霽《は》れ、お豊が書院の間に、篭にそろえた、小袖、帯、長い紐付きの白い巾着《きんちゃく》、足袋、そして深編笠をもってきた。門付けの装束である。文左衛門は、この真新しい周到な贈り物を喜び、謹んでうけとった。

はじめての夜は十日月であった。この明るさになると、提燈なしでも夜道を歩くことができる。事前に、腰に差せるよう工夫を施した提燈を用意したが、使い勝手が悪く、一応の備えだけで、できる限りそれは使いたくなかった。もちろん提燈の灯りをつけない夜行では、お咎めをうけるかもしれないが、そのときはそのときで、なんとか言い逃れをしようと腹をくくって出かけることにした。

町屋の方へ向かうため大橋を渡った。巳乃吉とはじめて出会った、あの菊の咲き匂う満月の夜を想い出しながら、

――あのとき、半年後のこのような自分の姿を、わずかでも想像できたであろうか。人の世とは摩訶不思議なものだ。これから先も、なにが起こるかわからない。ともかく、こうして生きて橋を渡れることは幸せである。なにを多く望むことがあろうか。

と心の内で、いまの境遇に感謝した。町家側の橋のたもとを左に折れた。空には月が出て、薄雲がゆっくりと流れている。

――まずは弁天さまにご挨拶をしなければ。

足が自然と弁天さまの祠の方に向かった。だが、途中で迷ってしまった。幼い頃、母といっしょの使いの途中で、一度だけ見たことがあった。その強烈な印象を鮮明に覚えていたつもりであった。川沿いのだいたいこの方角、このあたりと、思い描いて歩いてきたものの、その記憶はまったく役に立たなかった。しかたなく川沿いの道を途中で引き返し、中程度の店が並ぶ小路に入った。八幡屋、江戸屋、丹波屋、といった店が軒を並べている。

いよいよ第一声である。

ひとつ、大きく息を吸って吐いた。そして、咳払いをして、唾を呑みこんだ。肩から三味線を吊るし、抱え、手頃な位置に収めた。最初の勘所を押さえ、さて、撥を当てようとした矢先、足元を黒いものが、素早くよぎった。鼠である。文左衛門は、一端、仕切り直しをして、再度、三味線に向かった。だが、こんどは、頭の上がなんだか騒がしい。空を仰ぐと蝙蝠の一群が飛びまわっている。突然、そのうちの数匹が文左衛門めがけて、容赦なく舞いおりてきた。文左衛門は片手で大きくそれらを払い、中空で再び一団となった蝙蝠が天空に飛び去ったあと、気をとりなおし、あらためて三味線に向かった。出だしのなん拍かの音を残して、いよいよ唄に入った。いや、入ろうとした。が、肝心の声が出ない。三味線の音もそこで終わってしまった。やりなおしだ。もう一度、三味線の拍節を刻む。が、やっぱり声が出ない。こんなはずではない。なんと小心なことだ、しっかりしろ、と心の中で叱咤する文左衛門であったが、なんとも声の出ない自分が情けなくなってしまった。

もう一度、深呼吸をし、気を入れなおしてのぞんだ。こんどは、なんとか声が出た。だが、出たには出たが、具合の悪い、腰のすわらない突拍子もない奇声である。お豊が聞いたらきっと、笑いころげるだろう。この夜は、ほとんど声を張り上げられないまま、愚痴を並べたような、とても家中の住人に届きそうもない、か細い、唄らしきもので時が過ぎてしまった。さらに、雨で柔らかくなった道を案じ、草履に代えて下駄にしたのは正解だったが、それでも、なんども泥濘《ぬかるみ》に足をとられ、折角いただいた新しい足袋を、台無しにしてしまった。

その夜、文左衛門は、巳乃吉に一応帰宅の報告はしたものの、ほとんど無言のまま書院の間に消えた。巳乃吉は何もたずねなかった。

明くる朝、屋敷裏の物干し竿には、八の字の足袋が、糸瓜のようにぶら下がっていた。その両方の親指あたりから、絞り切れなかった水滴が、泪のように垂れていた。

二日目の夜もめげずに屋敷を出た。今夜こそは、まともに唄って帰ろう、と強い決心を固めて出た。正面突破で大店《おおだな》通りを唄い抜けようと思ったが、寸前で決心がくずれ、迂回路に入ってしまった。用水の小川に沿って長屋通りに入った。入り口の神社の前の松の木のあたりから声を上げた。夜陰や月明かり、家々のたたずまいにもすこしずつ慣れ、三味線の音も思うところに落ち着くようになった。だが、その声が家中に届いたかどうか怪しいものであった。もちろん、金子にはとうていありつけなかった。

三日目は雨になった。雨の一日の間、屋敷で猛反省をし、胆力を整えたので、四日目にはかなり大きな声が出せるようになった。ただ、歩く時間と、止まって唄う時間の間合いが、どうもうまくいかなかった。五日目はさんざんであった。三味線や唄はまずまずのところまできたが、家中の聞き手と時刻の折りあいがつかないのか、戸さえ開かない。挙句の果ては、犬に吠えられ、小袖の裾を噛み千《ち》切《ぎ》られてしまい、またしても、お豊の手をわずらわせることになってしまった。

六日目だった。裏長屋のなかほどで、いつになく好調子で唄っていると、いきなり腰高障子と雨戸が開いた。初心者のせいか、その音と同時に唄と三味線が止まってしまった。本来なら呼びとめられても、心のさもしさを隠し、しばし何事もなかったように悠然と唄いつづけなければならない。呼びとめられたときは、潮が引くように、唄を徐々に納めていかなければ絵にならない。でないと、いったん顔を出した金子も、場合によっては、首をひっこめてしまう。そんなことは十分承知していたはずである。だが、はじめて呼びとめられたうれしさに、しくじってしまった。そのうえ、このとき音曲を途切れさせ、しくじったと反省したことは正解だったとしても、金子をいただけると思ったのは、まったくの見当外れであった。

「ちょっと、おまえさん、うるさいわよ。あっちでやっておくれよ」

女房が顔を出し、こう言うなり、開けた戸をピシャリと閉めてしまった。文左衛門は、己の横っ面を平手で張られたように感じ、一瞬にして心がしおれてしまった。

気がつけば、あたりの桜はもう八分咲きになっていた。

文左衛門は、町はずれの桜の木の下まで歩き、近くの大きな石の上に腰をおろした。どうも思っていたように進まない。とてもこのままでは、門付けで金子をいただけるところまで到達できそうにもない。そして、そもそも自分は才覚のない無理なことを、そうとも知らず無駄にやっているのではないか、と考えるようになった。最初は誰の心にも刺さる切っ先だが、侍上がりのこの真面目な男の心には、過剰かつ過敏に突き刺さってしまった。そのうえ、こうなったのも全部おのれのひ弱さ、腑甲斐なさと、すべてを背負い込んでしまった。

頭を抱え、うずくまった。無情にもあたりの家々の灯りが、ひとつ、またひとつと消えてゆくのがわかる。このままでは終われない、かといってどう打開すればいいのか、ふさがってしまった頭や胸には、どんな妙案も浮かばない。どれだけ時が過ぎたであろうか。答えの出ない思案をくりかえしながら、じっと見つめていた目の前の地面に、ひとつの影が動いた。文左衛門ははっとして顔を上げた。

虚無僧が一人立っている。文左衛門は身構えた。

「そこもと、名はなんと申されるか。元は武士とお見受けした。わたくしは玄岳《げんがく》、小長井玄岳と申す旅の虚無僧でござる」

丈がすらりと高く、肩幅の張った虚無僧は、かぶり物の天蓋《てんがい》を付けたままである。

「それがしの名を聞いていかがいたす所存か」

「失礼だとは承知ながらも、先ほどからあとをつけてあなたのお唄を聴いていました。いや、三味とお唄にひかれて善光寺参り、といったところですかな。あなたのお唄や音曲は、朗々たるなかにも、哀調とやさしさがあり、聴く者の心を惹きつけます。とくに、長旅の者にふるさとを想い起こさせ、暮らしを立てることに疲れた人たちを癒し、それぞれの魂を安ませます。情緒豊かで細やかなお唄や三味の音は、この澄みきった夜空に静かに流れ、心に深く沁み込んでいきます。恐れ入って聴いておりました」

「それほどのものでしょうか」

「いかにも。是非御名前をお聞かせいただきたい」

「文左衛門と申します」

「文左衛門どのか」

「左様でござる」

　思いがけなく見知らぬ御仁から、たいそうな褒め言葉を投げかけられ、文左衛門のしおれていた心がすこし和らいだ。そして、売れなくてすっかり自信を失くしてしまった自分の芸について、過分な賛辞をもって評価してくれたこの玄岳という同業の虚無僧に、思い切って、この難局の打開策を相談してみようという気持ちになった。

「ところで、それがし、門付けをはじめたばかりでござるが、いまだ、一文の金子もいただけない。玄岳どのは尺八を吹きながらの門付け。お見受けしたところ、長年の旅路と思われるが、いかにして門付けで路銀を得ておられるか、秘訣をお教え願いたい。このとおりお願い申す」

　文左衛門は、立ち上がり、深く一礼をした。

「そうよな、わたしも最初はどうにもならなかった。だがあるとき、腹が減って、減って、どうしようもなくなり、銭が欲しい、金子をいただきたい、とそればかり思って首をふり尺八の音を出すようになった。そうすると、おのずと金子がいただけるようになった。すなわち、門付けには、己の妙技を聞かせてやろう、という思い上がった心は、いらないということですな。門付けは舞台芸や座敷芸ではない。奈落へころげ墜ちた者への憐れみを乞わなければ、金子などいただけるものではない。武士が鎧や裃を脱ぎ捨てるようなものかな、はっはっは」

玄岳は、最後にもう一度、文左衛門の演ずるものを褒めて、煌々たる春の満月を背にし、その場に茫然《ぼうぜん》とたたずむ文左衛門を置き去りにしたまま、悠然とどこかへ消えてしまった。

帰りの道では、玄岳の言葉がなんども頭の中で鳴り響いていた。その小声ながらもしっかり、かつ、はっきりした声音が、文左衛門の脳裏を激しく打った。

その夜、文左衛門は寝床に入り考えた。だが、玄岳が言い残したような、哀れみを乞うなどと、そんな恥ずかしいことができるものか、との思いをどうしても消すことができなかった。

明くる日はあいにく曇り空だった。月の明かりをたよりの門付けであるから、この夜は外に出られず、昼夜、書院の間に籠もり、ひとり考えつづけた。ぶつぶつとなにかをつぶやきながら、ときおり深いため息をつく文左衛門を見て、お豊は、文左衛門がうまくいかない門付けのことを気にかけるあまり、頭をおかしくしたのではないかと心配し、巳乃吉にその様子を伝えたが、巳乃吉は笑って少しも意に介さなかった。

そして八日目の夜がやってきた。月の出がおそくなった分、出立もおくらせた。十七日、立待月である。

この夜、すっかり肩の力が抜けているのが、自分でもよくわかった。街道筋をかなり北上し、大きな四つ辻の手前から脇道に入り、庶民の住む地子町を流すこととした。その通りには小商いの店がつづく。日用品や食品を売る、間口二間から三間の小店が、軒を連ねていた。雨戸は閉められているが、「魚定」「八百初」といった大きな屋号が、黒い太い文字で店先に書かれている。お稲荷さまから順に、いもや、たびや、おけや、炭薪や、げたや、甘酒や、魚や、八百や、米や、提燈やと並んでいる。二階には戸袋、手摺りが突き出ている。ところどころに、まだ、灯りがともっている。通りからさらに幾本かの露地が、奥へと走っている。その露地を挟んで棟割長屋が所狭しと建っている。

文左衛門はお稲荷さまから三味線の音曲を弾きはじめ、いもやから唄いはじめた。文左衛門独特の、地声から裏声につなげ、そして裏声から地声にもどしていく発声が、夜空に澄み渡った。

ねぐらへ帰る　夕日のからす　そのころお宿　出《い》でし三味
お笑いくだされ　この唄この身

形崩さず　とぶ雁がねの　北へ北へと　ふる里へ
お笑いくだされ　この唄この身

酒に溺れて　お役目追われ　その身隠して　笠の内
お笑いくだされ　この唄この身

菜の花咲いたか　菜種の油　灯りともれば　家恋し
お笑いくだされ　この唄この身

石から石へと　子雀はねる　親を追う子か　さがす子か

お笑いくだされ　この唄この身
お笑いくだされ　この唄この身
春の夜に照る　朧の月の　やがてはにじむ　泪月

八百や「八百初」を通り過ぎようとしたときであった。戸の開く気配がした。編笠は三味線と唄をやめない。

「ちょいと、そこの芸人さん」

うしろから若い女の声がした。唄をやめ、一呼吸置いてふり向いた。ねんねこに赤子を背負っている。八百やの若女房らしい。

「ずっと泣きやまなかったこの子が、おまえさんの唄が聞こえてきてからというものは、ぴたりと泣きやんで、笑いながら寝てしまったよ」

寝た子を起こさぬように、小声で文左衛門に話しかける。

「とっておきな、すくないけど」

と、手に握った金子を差し出す。文左衛門は、驚きと喜びで、

「かたじけない、ありがとうございます」

と、頭を下げ、白い首掛け巾着の紐をゆるめ、口を大きく開けた。若女房は巾着の上でこぶしをひらいた。

「ありがとうございます」

もう一度、頭を下げた。深編笠の中から女房の顔を見ようとしたが、泪で潤んでぼんやりとしか見えなかった。文左衛門は若女房が家に入り、戸が閉まるまで頭を下げていた。巾着の紐を締め、懐にしまうとき、指先にさわった金子は二文であった。

ついに、金子をいただいた。ありがたいことだ。この夜のことは生涯忘れないだろう。いや、忘れるはずがない。もう一度、「八百初」に向かって頭を下げ、感謝と喜びの気持ちを胸に刻み、門付けを再開した。この夜はあと二軒、都合、七文の金子がいただけた。それぞれ貧しい家構えの戸口からの一投であった。文左衛門は、わずかな金子であったが、その重みを懐にしっかりとうけとめながら、急ぎ足で橋を渡った。屋敷への道の一歩一歩が、いままで感じ得なかった感謝の道のりであった。

「ただいまもどりました」

「ごくろうさまでした」

「聞いてください、いただけました。ほらこのとおり」

巳乃吉のまえにすわるや否や、文左衛門は巾着から七文をとり出した。

「まあ、これはお見事、辛抱の甲斐がありましたね」

「これまでいろいろとご指導いただきありがとうございました」

「いいえ、文左衛門さまのご努力の賜物ですよ」

「この金子を、是非、お納めください」

文左衛門は七文を巳乃吉に差し出した。

「それはいけません。文左衛門さま、あなたがおもちになってください」

「いえ、それはできませぬ。是非、お納め願います」

「だめですよ」

「そうおっしゃらずに」

文左衛門は頑なにゆずらなかった。押し問答がつづいた。文左衛門の足袋を洗いおえたお豊が顔を出した。

「しょうがないね。それではいただきますよ。ありがとうございます」

巳乃吉が微笑み、押しいただいた。事を悟ったお豊の顔がにこにこと笑いはじけた。

「ところで、お願いがございます」

「おや、なんですか」

「先日、町で出あった虚無僧から、それがしの名を問われました。文左衛門と答えましたが、いつまでも、文左衛門では通りがよくありません。芸人としての名をちょうだいしたいと存じます」

「それもそうですね。どんな名前が好いかしら」

すんなりと巳乃吉は応じた。

「許されるなら、巳乃吉さんの吉をいただければ、うれしゅうございます」

巳乃吉はしばらく考え、近くの棚から硯箱をとり出し、手元の半紙に筆を走らせた。

白地に黒々と『子之吉』と浮かび上がった。

「文左衛門さまは子年生まれですから、どうですか」

「ありがとうございます。子之吉《ねのきち》、好い名です。名に恥じないようこれからいっそう精進いたします」

「そうしてください」

今夜から子之吉となった文左衛門は、名の書かれた半紙を押しいただき、書院の間に引き下がった。さっそく、「お蔭さまで、ようやく、巳乃吉さんのお弟子になれました」と掛け軸の久悦に報告したことは言うまでもない。そして、これからはお師匠さんにはお弟子のような言葉づかいをしなければ、気をつけなくては、と自らに言い聞かせた。

この夜、どうしても思い出せない八百やの若女房の顔を、なんとか思い出そうとしながら、やがてうれしい一日の眠りについた。

母屋の巳乃吉は、金子を持ち帰ったときが、ひとつの潮時かと、あらかじめ心の内で決めていた。したがって、文左衛門の「子之吉」という芸名も、以前から心の内で温めていたものであった。それが今夜になったのである。

翌日は居待月、さらに月の出がおそくなった。やっとのこと二軒から金子をいただくことができた。しかしその後、月が欠けるに従い、いっそう月の出がおそくなり、人目を避けての子之吉の夜の門付けは、一時休止となった。休止の間、金子がいただけるようになったことや、芸名をいただいたこともあって、子之吉の稽古に、より一層、熱が入った。

再開したのは、月があらたまった、卯月八日月の夜からであった。さらに技に磨きがかかった三味線の演奏と、朗々とした唄の味わいは、門付けでまわる家の人々に、いっそう共感を呼び起こした。そのためでであろうか、はたまた、流しの時刻が浅くなったためであろうか、再開後、三軒が四軒、四軒が五軒と声をかけてくれる家がふえた。同時に気持ちに余裕が生まれ、街道筋の大店の前でも、唄えるようになった。そんなことが重なって、いただける金子の額も次第に増えてきた。自信を得た子之吉は、武家屋敷の方まで足を伸ばすことにした。

長屋門の建ち並ぶ屋敷町の夜の通りは、さすが重々しい雰囲気をただよわせていた。自らを貶めた歌詞の唄が、どこまで武家の人々に通じるものか、はなはだ疑問であった。まず、通りを端から端まで流した。やはり思ったとおり、なんの反応もなかった。それどころか、唄が近づくと、あからさまに灯を消した屋敷もあった。だが、子之吉はひたすら流しつづけた。二本目の通りの角を曲がった。立派な松の枝が、土塀の上から外に、隆々と突き出している。門から路へ、用水に小橋をかけて出入りしている屋敷もある。

突如、近くの屋敷の犬が吠えはじめた。そして、その声に呼応するかのように、遠くで別の屋敷の犬が吠えた。二匹はしばらく遠吠えをつづけていたが、やがて吠え合いがおさまった。それとともに、子之吉は、足もとを流れる用水の瀬音が一段と高まったように感じた。子之吉は用水に架かった木橋を渡り、道を二十間ほど進み、右に曲がり、やや細い道に入った。引きつづき武家屋敷である。子之吉の唄声は、遠く、高く、月夜に流れた。

と、ある門の前を過ぎようとしたとき、潜り木戸の開く音がして、女の声が子之吉を呼び止めた。

「もうし、もうし、こちらです」

子之吉は、唄をやめ、三味線の音曲のみにして数歩もどった。木戸からこの屋敷の奥方と思われる年配の女が顔を出した。

「どうぞ、これを」

半紙に包まれた金子が差し出された。文左衛門は謹んで巾着袋を差し出した。金子がするりと奥方の手から袋の底に滑り落ちた。感覚がいままでと、すこしちがう。「これは……」と言いかけて、すぐ口を噤んだ。門付けをはじめるにあたって、巳乃吉から釘を刺されていた二番目の忠告、すなわち、どんな金子でもありがたく拝受すること、を思い出したからである。編笠の中から、月に照らされた奥方の細面の色白の顔と、まっすぐに通った鼻筋をちらりと見た。そして、無言で深々と頭を下げ金子を拝受した。

「お身体に気をつけられ、またお聞かせください、との主人からの言伝てがございました。それでは、失礼を」

子之吉は頭を下げたままである。木戸が閉まると子之吉は、この門の前にたたずんだまま、家人にお礼の心が伝わるように、いっそう声をあげ、一曲振舞った。

胸を塞《ふさ》ぎし　心の闇も　玉と飛び散る　消えもする
お笑いくだされ　この唄この身

この夜は幸いなことに、帰りがけの最後の武家屋敷からも、金子をうけとることができた。このときは屋敷の使いの下女が、巾着に金子を投じてくれた。だが、道々、最初に拝受した、半紙に包まれた金子のことが、気にかかってしょうがなかった。とはいえ、途中で、隠れて巾着袋を開いてたしかめることはしなかった。そうすることは、教わらなくとも、はしたない行為であると承知していた。それに、誰かが見ているかもしれない。

はやる気持ちを抑え、まっすぐ屋敷にもどり、書院の間でさっそく巾着の紐を解いた。そして、おそるおそる半紙の包みをひろげた。中身がきらりと光った瞬間、驚愕した。思ったとおり、まぎれもなく小判である。子之吉は、いただいた屋敷のたたずまい、門構え、奥方の顔など、記憶の限りを尽くし、思い出そうとした。だが、初めて踏み込んだ道であり、これまで子之吉が、文左衛門として生きてきた間の記憶には、まったくない屋敷や女の顔であった。

――いったいどなたのお屋敷であろう。わたしのことを文左衛門と承知のうえでのことか。たしかに、立派なお屋敷、凛とした姿の奥方であった。小判にはふさわしい風姿であったが、小判は大金であり、流しの芸人に与えるには、よほどの理由がないかぎりふさわしくない。城下の南半分はよく知っているが、北半分はそれほどでもない。もう一度、あの屋敷に行けといわれても、多分、無理であろう。したがって、親しかった御仁ではなさそうだ。それにしてもいったいどなただろう。思案を重ねたが謎は解けなかった。落ちぶれた文左衛門と知って、憐憫《れんびん》の情をかけてくれたのかもしれない。また、ひょっとして三味線や唄の好きな一家であるかもしれない。それにしても一介の武家に似合わぬお大尽である。あるところにはあるものだ。解せぬままにそう思うよりほかはなかった。

次の日は、雨であった。一日、三味線の稽古に余念がなかった。卯月の雨が新緑を萌えあがらせた。旧主の遺した庭は、ところどころに華やかな黄色や赤色の花をつけ、活気を帯びていた。夜には雨はやんだが、雲は霽れず、足止めを余儀なくされた。

翌日、満を持して門付けを再会した。休息の間に考えていたことがある。それは、犀川のほか、城下を流れるもうひとつの川である浅野川方面へ、門付けの足を伸ばすことである。それも上流ではなく、下流の大橋のあたりである。そこは、舟が往来する物産の集散地である。上流には離縁された村山家がある。もとより近づくつもりは露ほどもなかった。大橋の向こうは、花街である。かつて、師匠の巳乃吉が活躍した茶屋街でもある。だが、武家の出入りはご法度で、侍のときには足を踏み入れたことはなかった。華やかな様子だけは折々耳に入ってきた。侍・文左衛門を脱ぎ捨て、子之吉になったいま、外からでよいから、夜の繁華街をのぞいてみたかった。

満月前夜の小望月《こもちづき》である。犀川の橋を渡り、大店が並ぶ街道筋を進み、屋敷町へ折れ、お堀に沿って早足で歩いた。そして、橋への一直線の通りにさしかかったあたりから、三味線を弾きはじめた。おいおい唄が三味線につき、やがて、ひとつの音曲にまじわった。爽やかな瀬音が橋の上まで洩れてくる。さすが街中である。橋の上は往来する人々でにぎわっている。同時に川の向こうから、茶屋街の華やいだ色香と、妖艶なざわめきを乗せた春風が、ただよってきた。これまでの歌詞を封印しようと決めたとき、巳乃吉が独習で唄っていた小粋な歌詞が、口をついて出た。心地よく一曲唄い終えると、子之吉は橋のたもとに植えられている柳の近くに立った。そして、そのまま、しばらく忘れていたほろ酔いに似た気分を味わった。

そんな折も折、茶屋街の方から、三人連れの男衆が、千鳥足で橋の方へ向かってくるのが見えた。そのうちのひとりは、他のふたりに両脇を抱えられている。やがて、子之吉に気づいたらしく、深酔のだみ声で囃したてた。

「おい、芸人、芸をやれ、芸を」

「突っ立ってるだけか、それじゃ、まるで木偶《でく》の坊だな。わっはっは」

「銭ならあるぜ、ほうら、投げるほどある」

「はようやらんか」

突然、子之吉にからんできた。子之吉はそ知らぬ顔をして立ち去ろうかと思ったが、相手は酔客で、中年の男三人組である。面倒なことになってもまずいと思った。ここは我慢して、へい、と頭を下げ、三味線を弾いた。相手は黙って聞いてくれるような玉ではないことは百も承知である。さしさわりのない一節を唄った。案の定、途中で茶々が入った。

「おい、おい、もっと、ぱあっとやれぬか、貧乏臭くってよくねえ」

「もっともだ、こっちは遊びに来てんだぞ」

「そうだ、そうだ」

子之吉は唄をやめて、三味線でひそかに稽古していた軽快な拍子の楽曲を奏でた。酔客のひとりがそれにあわせたつもりか、わけのわからぬ鼻歌を唄いはじめた。つられてあとのふたりも唄いながらふらふら踊りはじめた。

「そらぁ、三味だ、三味だ、それ、それ」

子之吉の頭に血がのぼりはじめた。その血が天辺に達したとき、途中でぷつりと音を切った。ふたりが子之吉を睨んだ。ひとりは踊ったままだ。いつのまにか人垣ができている。子之吉も深編笠の下から睨み返している。心はすでに身構えている。温厚な子之吉でも堪忍袋の緒が切れそうである。

「おおそうかい、芸人は銭を見せなけりゃ、芸は売らないということだな」

「そうれ、銭だ、銭だ」

ひとりが巾着から銭をとり出し、木の根っこにぶちまけた。子之吉のこぶしに全身の力が入った。同時に、巳乃吉から釘を刺された一番目のこと、すなわち、なにがあっても怒ってはならないという忠告が頭をよぎった。子之吉は、三人を無視し、周りの人垣に唄いかけるように、静かに小粋な唄を披露した。三人は、子之吉の悠然とした態度と、とりかこむ人垣に気圧《けお》されたのか、ほどなく、罵声や捨て台詞を残し、すごすごと退散した。曲が終わると、やんややんやの歓声が上がり、いくらかの金子が巾着袋に入った。

人垣が解けると、柳の下に、棹をもつ子之吉と、ばら撒かれた銭だけが残った。

「こんな銭などもらえるものか」

子之吉はその場をとっとと立ち去ろうとした。だが、その去ろうとした目に、散らばる銭のひとつが写った。いかにも見捨てていかないでくれ、と訴えているように見える。

子之吉はしばし思案した。浮かんできたのが、やはり巳乃吉の言葉であった。汚れていようと清かろうと金子には罪はない。大切にしたものからのちのち大切にされる、というあの忠告である。子之吉は迷わずひざまずき、這いつくばって、よく眼を凝らして、一文も残さず拾い上げた。十二、三文にもなった。通りすがりの衆が、小馬鹿にしながら通り過ぎるのが聞こえる。だが、いっさいかまわず、拾った銭を押しいただいて巾着袋にしまった。

立ち上がり、天上の月を眺めると、肩にのしかかっていたものがはずれたような、これまで感じたことのない軽い気持ちになった。心の内は、捨てられ、おののいている子犬を拾い、抱き上げたような気持ちだ。

――自分は決して守銭奴ではない。他人に蔑《さげす》まれるような卑しいことをしたのではない。いま、人に限らず、物には必ず命が宿っているのだと気づいたのだ。考え方、見方、ものを思う気持ちを変えれば、こうも幸せの度合いがちがってくるものか。

子之吉は、人間として尊ぶべきことを思い知らされたような気がした。明るい月夜のもと、帰途についた。海へ海へと流れ肥ってゆく南北二つの川に架かる、それぞれの大橋を渡りながら、子之吉は、これまでとまったくちがう新しい種類の人間になったような気がしていた。

その夜は明け方まで熟睡した。そして、やがて満月の夜がきた。

この夜、ようやく鎧兜を脱げた子之吉は、それまで鬼門としていた城下の南方の武家屋敷をまわることにした。杉田家の方角である。昔からの知りあいも多い。まず手はじめに、城の南のお堀端から歩くことにした。お堀端から南下する。一つの屋敷で最初の金子をいただけた。その先には神社があった。境内に踏み入れる入口のあたりに、常夜燈が建っている。子供の頃は、あんなに高く見えたのに、いまはそうでもない。しばらくその灯りを眺めた。

突然、人影が動いた。

「文左衛門どの」

どきりとした。もう、知りあいに気づかれてしまったのかと、一瞬、緊張が走った。

「お元気か」

常夜燈のうしろから天蓋をかぶった虚無僧が身体を現した。

「これは、玄岳どの」

「おひさしぶりじゃ」

「おおひさしぶりで。お達者でございましたか。わたくし、名を子之吉と改めました」

「おお、子之吉どの、よい名じゃ」

「わたくしもたいそう気に入っています」

「その後、門付けの方はうまくいっているようですな」

「ええ、ご指南いただきましたお蔭で、なんとか。心より御礼申し上げます」

「なんの、そなたのお唄の賜物です。ところでそなたは、書物方の北山作之進どのをご存知であろう」

「ええ、学友であり、お城では同僚でもありました。書物方ではございませんが、土蔵番方で」

「作之進どのは、土蔵番方から書物方に転じて半年になられる」

「そうでしたか。玄岳どのはよくご存知で」

「いや、こうして徘徊していると、いろいろなことを小耳にはさむ」

「で、作之進どのがなにか」

「亡くなられた」

「えっ、いま、なんと。亡くなられた、とおっしゃられたか」

「いかにも」

「いつでござるか」

子之吉は不意を突かれ、気が動転した。

「昨日」

「昨日。う〜む、ご病気でございましたか」

「それが、あまりよくない噂が流れている」

「と、申しますと」

「春先から病に臥して、お城の勤めはままならぬようであったらしい。それだけなら、ままよくある話であるが、あることに気を病んで、それがもとで病を重篤にしたとのもっぱらの噂じゃ。なかには自害だという者までいる」

「なんと」

「だが一方、作之進どのは、そのことについて、一切弁明しなかったそうだから、真意のほどはわからぬ」

「あることとは、なんでございますか」

「なんでも、去年の秋、お城のお土蔵の鍵がなくなり大騒ぎをした事件があった。その鍵を隠したのが、作之進どのの仕業との噂がひろがったことだ」

「それは、つまり、作之進どのが隠したというのは、ほんとうのことですか」

「それはわからぬ。たんなる噂かもしれぬ。ただ、城から追放された鍵の責任者は、なにかにつけ、作之進どのの競争相手であったとのこと。書物方への栄転もはじめはその者で決まっていたそうじゃ」

子之吉は言葉に詰まった。この噂は、あの事件の日、見張り番の太助からすでに聞いていた。だがそれは、ただの噂でいずれ消えるにちがいない。そもそも作之進どのが、そんな稚拙な盗みなどするはずがないとそのとき、子之吉こと文左衛門は、頭にのぼってきた疑念を即座に打ち消した。いまもそう思っている。

――それに、そのとき、その噂は奉行には届かなかったはずだ。それゆえ、それを思い悩んで、死に至る病まで起こしていたとは、どうも解せない。

子之吉の思案顔を見てとって、玄岳が付け加えた。

「気を病んで病床に臥すようになったというが、実際に鍵を隠し、それを悩んだのが原因か、それとも、ひろがった世間の噂そのものを悩んだのが原因か、判然とはしない」

玄岳の言葉に、子之吉は、たたみ込んであれこれ質したが、それ以上のことはなにもわからなかった。言葉を失くし、押し黙る子之吉に、玄岳は一枚の紙切れを差し出した。常夜燈の灯りに照らして見ると、墨で地図が画いてある。

「北山家の場所です。どうぞ、おもちくだされ」

「玄岳どの、失礼ながら、あなたはいったい何者ですか」

「はっはっは、疑われるのも無理はない。いや、街道を旅しているただの虚無僧でござる」

「であれば、なぜ、わたくしのような者にかかわられる」

「それがしは、そなたの唄が好きじゃ。これまで聞いたこともない哀調がある。満月の夜などはなんど聞いても心を打つ、美しい」

「それだけですか」

「それだけです」

子之吉は地図の礼を述べた。玄岳は尺八の音を響かせ、またも満月に照らされ、首をふりふり、悠々とお堀端の方へ去っていった。

子之吉は、これからすぐに北山家へ向かおうと、常夜燈の明かり近くへ、地図と顔を近づけたがむなしかった。線が入り組んでいて、とてもこの場で理解できるような道筋ではない。満月とはいえ、たとえこのまま向かっても、どこかで挫折するのは明白である。今夜は諦めざるを得なかった。もっとも、心はたしかに作之進の屋敷に向いていたが、いったいなんのために行くのか、まったく頭になかった。

「作之進どの、なぜだ」

子之吉は、地図に記された北山家の方角に向かって叫び、しばし合掌をした。

明くる夜、月に幾筋かの雲が流れていたので、手提げ提燈を一つ用意した。昨夜は眠れないままに床のなかで当時を思い起こし、明け方を迎えてしまった。そして、明け六ツの鐘の鳴る頃、あれこれ考えてみたところで、いまとなってはどうしようもないこと、と観念し、このうえは、北山家の屋敷の門前で合掌し、できれば唄の一つもささげ、供養となればこれにこしたことはない、との結論を得たのであった。

地図に従い、犀川大橋を渡り、大店が並ぶ街道筋を北上しながら、一度は吹っ切ったはずなのに、苦悶で疲労困憊した頭のなかで、あの事件と作之進との係わりについて、正解のない自問自答をいくどもくりかえした。

――こうして月日を経て、冷静に考えてみると、噂とはいえ、そういうこともありうるかもしれない。あのとき、あれだけ大勢で探しても、鍵は出てこなかったのだから、盗まれたとしか考えられない。それも、きっと身近な者の仕業にちがいない。

頭のどこかで、やはり作之進どのか、との思いがぬぐえない。

――だが、たとえ作之進どの出来心だったとしても、もとはといえば、自分の不注意が原因である。それをさておき、他人に責任を転嫁しようとする考えが、恥ずかしげもなく頭をもたげる。卑劣きわまりない。あの文左衛門はそこまで落ちぶれたのか。

作之進を責める思いと、自分を責める思いの二つが、複雑に心の中で揺れ動いた。

――他人を疑うのは、もっと事の真相をたしかめてからの方がよい。

子之吉の心は千々に乱れていた。

道は、途中から用水路沿いに武家屋敷町に入った。そこからは地図を見ながらでないと進めない。いくつか角を折れ、小路を抜けた。そうこうするうちに玄岳が墨で×印をつけた北山家の路地に出た。子之吉は、地図の印を追いながら、先ほどから、うっすらと気づきはじめていた。以前に通ったことがある路である。ほぼまちがいない。それもつい最近。そして、その×印の屋敷の角に立つ頃には、子之吉の胸の鼓動は、早鐘のように打ちはじめていた。

――まちがいない。

もう一度、屋敷を仰いだ。そして小走りに駆けて、門の前に立った。

――まちがいない、あのお屋敷だ。

門に「忌中」の貼紙が出ている。疑いもなく北山作之進の屋敷である。そして、そこはまぎれもなくあの夜、小判をいただいたお屋敷である。

確信した子之吉は、あらためて正面に向かい一礼をした。北山家の前では三味線と唄で供養しようと思い、犀川の屋敷を出てきたが、とても唄う声など出るものではなかった。また、いまにもあの細面の奥方さまが、いや未亡人が、木戸を開けて出てきそうな気がして、急いでもときた道を引き返し、身を隠すように角を曲がった。歩きながら子之吉は、めまぐるしく想いが駆けめぐり、破裂しそうなほど乾いた脳裏に、必死で血をめぐらした。

——あの夜は、十二日夜月であった。今日が十六夜月であるからわずか四日前のことになる。玄岳は満月の昨夜、死亡日は昨日だと言っていたから、亡くなったのは、あの夜からわずか二日後にあたる。ということは、死の二日前に小判をうけとったことになる。奥方さまもたしか、主人からの言伝て、と言っていた。ということは、病床で重篤の身を横たえながら、妻に向かい、外の門付けに小判を与えるように言いつけたことになる。すなわち、外の門付け芸人を、子之吉すなわち文左衛門と知っての行為としか考えられない。さらに大金であるから、その前に妻にもそのわけを話したことであろう。長患いで臥していたのだから、薬代もかさんでいたはずだ。これまで作之進どのが相当の蓄財をしているとは聞いたことがない。そうしたなかにあって、死を目前にした病人が、文左衛門に大金を与えたいという気持ちになるのは、よほどのこととしか思えない。

さらに子之吉の推測は度を深めた。

——作之進どのの心のどこかに、吾が良心を愧じる、うしろめたい思いがあり、償いの気持ちがそうさせたのではないか。さもないとあのような大金を……。

子之吉はひたすら歩いた。もはや、作之進の仕業だったと信じて疑わなくなった足取りは、だんだんと早くなっていった。

——なにも死ぬこともあるまいに。他人への自責の念から、愧じ入って死を選ぶことは理解できる。だが、こと、この子之吉すなわち文左衛門にたいして、すまないと思う心から死を選んだとすれば、つまらぬことだ。自分はこうして、災いを転じて福となした。ほんとうに好きな道を見つけ、人々にまがりなりにも喜ばれている。なにも死ぬことは……あるまい……残念無念。

提燈の灯りを低く足元に落とし、自分への裏切りにたいする憤怒と、故人への哀悼の念との入りまじった複雑な思いを胸に、街道筋を犀川大橋に向かって歩いた。歩きながら、あの夜唄った歌詞を思い出した。金子をいただくまえに、いつもの唄を流していた。こんな歌詞の唄も病床の作之進には聞こえたはずだ。

酒に溺れて　お役目追われ　その身隠して　笠の内
　お笑いくだされ　この唄この身

——おお、作之進どのはどんな気持ちでわたしの唄を聞いていたのであろう。

そして、金子をいただいたあと、高々と唄い上げた歌詞も、枕元に届いたはずである。

胸を塞ぎし　心の闇も　玉と飛び散る　消えもする
お笑いくだされ　この唄この身

――許らずして、作之進どのの苦悩に呼応してしまった。作之進どのがこの歌詞を聞けば、文左衛門が事の真相を掴んで唄っている、と誤解するのは明らかだ。苦悶する作之進どのの悔恨の情を知らずに、自分は純粋にいつもの歌詞を唄い、そして、金子をいただいた喜びを唄った。なんということだ。自分は知らず識らずのうちに、病床の作之進どのをいっそう追い詰めていた。これでは作之進どのをますます苦境に追い込んでしまったことになる。それで、……自害を。となれば、それがしが……。


予想だにしなかった虚実の悪戯に、子之吉は愕然とした。

――忘れよう。

子之吉は、首を二、三度大きく横にふった。だが、無駄であった。

――それがしが作之進どのを殺めたも同然、なんということか……。

きっぱりと忘れようとしたはずの作之進のことが、すぐに頭に浮かんでしまった。因果なことである。厄介なことである。

「明日からまた出直しだ。すべてが終わった。これからは、侍・文左衛門とはきっぱりお別れして、正真正銘の子之吉だい、なあお月さま」

月に向かって、ちょっとつよがりを吐いた子之吉の眼には、うっすらと泪がにじんでいた。

――忘れるのだ、終わったことだ、全部忘れるのだ、これまでのことは。そして身も心もすっかり芸人・子之吉になるのだ。それが作之進どのへの一番の供養だ。

子之吉は、橋の上から流れる水に向かって、思いきり、暗くて黒い心情を吐き捨てた。

鮎

明くる日、巳乃吉は、夕刻になって、子之吉を連れ出した。行き先は、子之吉がまえから気になっていた弁天さまの祠である。先導する巳乃吉の足は、街道筋を北上し、浅野川へ向かった。やがてその足は、大橋の手前で川に沿って左へ折れた。そして、川の流れが大きく右へ蛇行するあたりで小径に入った。ほどなく、松の木々の間に赤い提燈が、ふたつぶら下がっている小さな祠に着いた。子之吉が、これまで犀川の下流だと思いこんでいた弁天さまの祠は、犀川ではなく浅野川であった。

巳乃吉は、子之吉を真横に立たせると、巾着から小銭をとり出し、賽銭箱に投げ込んだ。子之吉もあわてて手元の小銭を出そうとしたが、巳乃吉はそれを制した。子之吉は、巳乃吉のその所作から、祈願という形式も整って、今日今夜、ほんとうの師匠と弟子の関係になれたのだと解した。巳乃吉は鈴をふり鳴らし、一心に、なにごとかつぶやきながら合掌した。子之吉もそれにならった。

子之吉は下げた頭を上げ、弁天さんの顔をのぞき見た。その顔は微笑んでいた。そして、すぐに、その微笑が、誰かに似ていることに気づいた。だが、それが誰なのか、なかなか思い出せなかった。子之吉は、頭の片隅にそれを引きずりながら帰路についた。

そして、ようやく思い出したのは、祠や橋から遠く離れてからであった。なんとそれは最初に金子をいただいたあの夜の、八百やの若女房であった。顔の輪郭や眉毛などが、ぼんやりと残る記憶に、よく似ていた。

——そうか、そうだったのか。弁天さまの……。

子之吉は、ほくそ笑み、先をゆく師匠のうしろについた。

若葉が眠る夜の木々に隠れた薄闇の小路を折れ、月明かりが煌々と照らす夜道に出た。

三歩下がって師の陰を踏まず、と心得ていた子之吉であったが、柔らかな月光が巳乃吉の全身を包んだとき、はっ、とした。いままで思いもしなかった巳乃吉の身体が妖艶な輝きを放ち、子之吉の眼に飛び込んできた。子之吉は吸い込まれるように、三歩下がっていたその身を、一歩、前に踏み出した。目の前には、程好く開いた衿からのぞいた美しい白いうなじが、ほのかな色香を漂わせていた。

子之吉はその色香に弾かれたように、思わず三歩下がった。期せずして子之吉の眼は巳乃吉の嫋やかな後姿、四肢五体を改めて見ることになった。

きりりと絞めあがった帯の下に、白地の衣を幽かに揺らし、左右に振れ動くふくよかな肉塊を見た。衣の裾から見え隠れしている白足袋と白く引き締まった足首を見た。

おのずと、子之吉の脳裏に、少年の頃に見た、坂の下の正念寺の境内に咲き誇る白木蓮と、本堂の奥の壁に飾られていた来迎図がよみがえってきた。

——あの彩雲の来迎図には、阿弥陀如来や菩薩に連れ添う楽器を抱えた天女が描かれていた。幼いわたしは飽きることなく、一人の美しい羽衣の天女を眺めていた。その天女がいまここにいる。

おくれを取り戻そうと足早に歩をすすめる子之吉の前で、天女に差し込む月光がすべての衣を透かした。白木蓮のつぼみが一つ、ゆっくりと花びらを開いた。

——（ブルルッ）いけない、いけない。

子之吉は襲ってくる妄想から逃れようと、二度、大きくかぶりをふった。

念願が叶って弟子になれた気のゆるみと澄み渡る月明かりが、あらぬ思いを起こさせた。妄想の相手は、一度捨てた己の命を拾い、磨き輝かせてくれた恩人である。

——いまこうして曲りなりにも芸で金子をいただけるのはこのお人のお蔭である。今夜、ようやく弟子として認められたようである。これまでどうしても交わらなかった、心のなかの二本の糸が、ようやく一本に繋がったように思う。それを己自身がたしかなものとして納得するためにも、いままで教わってきたものを師のまえで披露し、認めてもらい、ほんとうの師弟の絆を結びたい。

子之吉はそう決意した。

突然止まった子之吉の足音に気づいた巳乃吉が、怪訝な面持ちで振り返った。

「どうかしたのかい」

子之吉は、なんでもない、といったふうに、もう一度かぶりをふって、小走りで近づいた。

「お師匠さん、ひとつ唄ってみましょうか」

「おや、聞かせてくれるのかい、そりゃいいね」

弟子になってはじめて、仕事場で師匠に聴いてもらう三味線と唄である。街道を避けていつしか入り込んでいた屋敷町が舞台である。天空ではまだ円い月が、新しい門出を祝うように、師匠と弟子のふたりを照らしている。巳乃吉と子之吉の前後が逆になった。三味線を奏で、唄をうたう子之吉のあとを、巳乃吉がついた。

子之吉は、これまで師匠から教わってきた芸の心と技を惜しみなく披露しようと、堂々と、そして朗々と唄いはじめた。

巳乃吉は月光に映える弟子の後姿をまじまじと見つめ、なめらかで艶のある声調に聴き惚れた。

――よくぞここまで。

巳乃吉は、喜びで心地よく火照る全身を、しばし、夜風に任せ、子之吉を追った。

――さすが、もとはお武芸さん。鍛錬され、背筋のぴんと張ったお身体は隆々とし、学問を積んだ凛としたたたずまいは気品に満ち、後光すらさしている。加えて、自信にあふれ、聴く者を虜《とりこ》にする本物の芸人の風格さえ漂いはじめている。

「子之吉さん、」と小さく呟いた巳乃吉の胸に、幼い頃、見知らぬひとりの商人に連れられ、背負った小さな風呂敷包みとともに初めて茶屋街に足を踏み入れたときのことがよみがえってきた。そして、浅野川の船着き場のほとりに立っていた骨太で気高く、それでいて枝々に細く鮮やかな緑の葉をおもむろに重ねた一本の松の木が瞼に浮かんできた。あの日から、毎日、あの街を去る日まで、この松の木を見ることとなった。

この雄々しい松の木が先をゆく子之吉の姿に重なった。

子之吉の三味線の音が一段高く変調し、地声が裏声に転じたとき、巳乃吉は、ハッ、として我に返った。そして、本来の巳乃吉にもどった師匠は、妙所に入った弟子の節回しを、しばらく静かに味わった。

——いま聴こえてくる曲調は、子之吉があみだした新しい節回しや息つぎ、拍節にまちがいないが、自分がこれまで仕込んできた基本の旋律をしっかりと踏まえ、守っている。いま弟子・子之吉が辿っているこの道は、自分が先輩のお姐さん方から学び、身につけ、さらに稽古を積み、錬磨を重ね、作り込んできた独自の芸の道、芸域を、一歩抜け出そうとする道であるように思う。

在りし日、突然茶屋街から身を引くこととなり、日頃、自分の丹精を尽くした芸が一代で途切れてしまうことに寂しさを感じていた巳乃吉は、目には見えない一本の太い糸がこの弟子へ着実に受け継がれていきつつあることを知り、この日この夜、心底から喜んだ。

やがて二人は北山家の横道を通過した。子之吉には、ここ数日のことが、もう遠い過去のことのように思えるようになっていた。

子之吉に肩を寄せてきた巳乃吉が三味線を調弦し、合の手を入れはじめた。連れ弾きがはじまった。子之吉の主旋律に、巳乃吉の伴奏が重なり、息の合った協奏の音色を醸し出した。新しい艶めかしい音曲ができあがった。

数日前、巳乃吉は懇意にしていただいている橘風堂のお内儀から、近頃、深く、味のある音曲を聴かせる門付けが、巷を流している、と聞き、また、その門付けの哀調を帯びた唄が「お笑い節」と呼ばれ、巷ではたいそう評判になっていると、長兵衛から聞いていた。巳乃吉は、それが子之吉のことを指していると承知していたので、そんな噂を聞いてひそかに微笑んだものである。いまこうして実際に脇に寄り添って聴いていると、どこかこれまで聞いたことのない子之吉独特の哀調が加わっている。それを聴きながら、そして伴奏を演じながら、内心、子之吉のあまりの早い基本の習得と、それに加わった見事な独創に、あらためて驚きを禁じ得なかった。そして同時に、子之吉の曲調は、たしかに澄み渡る月夜によく似合い、夜空によく映えるが、それは子之吉のこれまで耐えてきた辛苦がそうさせたのであって、このままでは惜しい。さらに技量を高め、芸域を広げさせるため、いつか表舞台で演じさせてみたいとの思いが、ふと湧いてきた。

武家屋敷町から大店の並ぶ街道筋に入り、橘風堂の屋根に「御萬菓子所」と書かれた突き出し看板が見えたとき、巳乃吉は子之吉の足を止めさせた。そして、橘風堂の屋敷の蔵に沿って、路地をすこしばかり奥に入ったところまで連れていき、子之吉をひとりにした。この頃臥せがちな長兵衛に、たっぷりと聞かせたかったのである。子之吉はいつものように丁寧に唄い上げた。同時に裏木戸の開く音がした。蔵の前で様子をうかがっていた巳乃吉はそっと身を隠した。子之吉がうやうやしく金子をうけとった。

ふたりは犀川大橋へと向かった。もう三味線と唄は仕舞っていた。そして、まさにその事件に遭遇したのは、心地よい春風の中、ふたりが橋のたもとに近づいたときのことであった。

暗闇の中、土手道を川下から、全速力で橋に向かって走ってくる数人の人影に気づいた。その一団の不穏な雰囲気に、ふたりは急いで提燈の火を消し、物陰に身をひそめた。やがて、提燈を掲げる男に先頭された五、六人の男が、丸太のようなものを担いで現れ、無言のまま橋を走り渡っていった。どうも、担がれているものは、縄で縛られた男のようだ。足音が遠くへ去ったのを見計らって、ふたりは堤に駆け上がり、身を低くしながら橋の上に眼をこらした。夜もだいぶ更け、橋の上には一団のほかに人影がない。

担がれていたものが、橋の上から、流れの一番深く、急な水面に投げ込まれた。川面をたたく破裂音があたりに響き、大きな水しぶきがあがった。間髪をおかず、一団は猛速度で橋を引き返してくる。現場から一刻も早く逃げ去ろうとする走り方だ。ふたりは、急いで、土手の上から身をひるがえし、草いきりがたちこめる深い草むらに隠れた。男たちは、息をひそめて隠れているふたりに気づかず、そのまま素通りし、もときた道を脱兎のごとく引き返し、闇に消えた。

深い草むらから身を起こしたふたりは、急ぎ土手をのぼり、提燈に灯をともすと、走って橋を渡った。狼藉者の一団は、鬼嵐党《きらんとう》と呼ばれている無頼の徒たちであることが、その装いから容易に推測できた。きっと気に入らぬ者を縛り、殺そうとしたにちがいない。急流はすこし先で右に流れを変える。うまくゆけば、男は洲に打ち上げられているかもしれないと、とっさにふたりは判断した。橋の上には誰もいない。鬼嵐党の奴らもこの時刻を狙ったのだろう。

橋のたもとから、巳乃吉の屋敷とは逆方向の下流へ急ぎ、ここぞと思うところから、土手をくだった。そして、提燈の灯をかざしながら、草むらを掻き分け、川原を水辺へと近づいた。流れが右に大きくうねり、洲が張り出しているところがある。そこに足を踏み入れた。暗闇のなかを、水流がごうごうと水音を立てて奔っている。気をつけないと、足を滑らせ、自分たちが流れに呑みこまれてしまう。

「見えますか」

子之吉のうしろで巳乃吉がたずねる。

「もう少し川下を探しましょう」

子之吉は慎重に足元を照らし、流れのややおだやかな方へ移動した。

静かな夜の川原である。水音だけが耳に入ってくる。提燈をゆっくりと半円形に往復させた。するとその明かりの先に、水面から半分だけ川原の石の上に乗り上げている黒い塊が見えた。提燈を近づけると、まちがいなく人間である。明かりをより近づけると、布で轡《くつわ》をかまされた男の顔が照らし出された。顔には殴られた傷痕がある。

「いましたよ」

子之吉は巳乃吉に合図をし、提燈を足元にかざした。巳乃吉が駆け寄った。

「すぐ、引き上げましょう。手をかしてください」

子之吉は提燈を近くに置き、巳乃吉とふたりで川の中から男を引き上げた。半纏《はんてん》に股引姿の職人である。子之吉は、男の手と足に巻かれた縄をとき、轡をほどいた。そして、うつ伏せにして水を吐かせた。男が微かに唸り声をあげたように思えた。胸元に耳を当ててみた。

「まだ生きている」

巳乃吉が掲げる提燈の明かりをたよりに、子之吉が男を腰のあたりまで担ぎ上げた。

「こりゃ、水をふくんでずいぶん重いや、それにえらく丈の高い男だ」

子之吉は、いったん男をおろし、できるだけ着衣の水を絞った。そのとき男の身体に無数の傷痕を見つけた。相当痛めつけられたのだろう。見たところ痩せ型である。あらためて見るとたしかに大きい。運び上げるには重労働になるが、捨てておくわけにはいかない。子之吉は、全力で男を自分の背に担ぎ上げた。担ぎ上げられた男の足が、ややもすると地に着きそうである。それでも何とか堤を乗り越え、道に出た。

「ともかくお屋敷まで運びましょう。もうすこしがんばって。すぐ、隣の順庵先生をお呼びしますから」

巳乃吉が二挺の三味線を抱え、空いた手に提燈をもち、夜道を照らしながら先導した。

やっとのことで屋敷に着いた。巳乃吉は驚いて飛び出してきたお豊に、隣の医者、順庵を呼びにやらせた。怪我人は庭に面する書院の間の廊下におろされた。着衣の文様から推測すると、どうも大工らしい。子之吉は、急いでずぶぬれの着衣を脱がせ、傷だらけの身体を乾いた布で丁寧に拭き、再び抱え上げ、急遽、巳乃吉によって書院の間に敷かれた布団の上に寝かせた。

行燈の明かりであらためて見ると、思ったとおり痩せ細った丈の高い若者である。

小柄な医者、順庵が薬箱をもって、お豊と書院の間に入ってきた。順庵はすぐに若者の傷口をひとつひとつ診て、傷に適《あ》った処方をした。その間、若者はなんら反応を示さない。処方をひと通り終えた順庵は、白眉を下げ、白い顎鬚《あごひげ》をさすりながら言った。

「ずいぶんやられているね。よく息をしているものだ。きっと根が頑丈なんだね。今夜が山かな」

事情を聞こうともせず、やたら顎鬚をさすっているこの老医者は、男をまじまじと見つめながら、さも驚いたように付け加えた。

「やけに手と足が長い。それに、そこにくっついた二十本の指もやたらと長い」

傷とは関係ない男の体形に興味をもったようだ。巳乃吉は、以前、久悦が、順庵先生は物の形に非常に興味をおもちだ、茶器も一見妙な形のものを好まれる、と話していたことを思い出した。そして、高い頬骨《ほほぼね》とこけた頬、やさしい眼差しから、ときおり発せられるするどい眼光など、あらためて老医者の顔をつぶさに眺めた。順庵は、さらに、見落としたところがないか検分し、やり残した医者としての仕事を、飄々とこなした。

治療を終えた順庵は、隣の屋敷へ引き上げた。この屋敷にいる間、怪我人のことはもちろん、はじめて直接対面した子之吉のこともいっさい問わず、帰りぎわに、

「わたしは年々しぼんでゆくが、お豊さんは年々ふくらんでゆくね」

と、お豊をからかい、お豊にひとつ尻をはたかれ、笑いながら退散した。

書院の間では、巳乃吉と子之吉が若者の床を挟んで向きあっていた。

「助かればいいんだが」

「めぐりあわせですね。わたしたちが通りかからなければ、あのまま土左衛門ですよ。こういう好いめぐりあわせをもつ人って、きっと助かりますよ。なかなかこうはゆかない人が世の中には多いんですから」

子之吉は、怪我人がひとつ浅い息をしたように感じた。巳乃吉はそうは思えないと返した。その晩、子之吉が徹夜の看病についた。ときおりうつらうつらとした。巳乃吉師匠のお蔭で自分が新たな命を得たように、この痩せ細った若者にも、あらためて新たな命がよみがえることを祈った。

明け六ツの鐘が鳴った。襖の隙間から、ひときわ明るい朝日がひとすじ差し込んだ。やがて書院の障子が、外からの尖った光をやわらかな明かりに変え、床の間の薄闇を消した。子之吉は立ち上がり、襖や障子を開けた。初夏の朝の陽光が部屋に充ちた。追って微風もついてきた。

「ううん」

若者が唸った。たしかに唸った。子之吉は枕元に寄り添った。

「ううん」

またひとつ唸り声を上げた。

「おい、大丈夫か、安心せい、しっかりしろ」

怪我人が身体を動かそうとしているようだ。自分の意のままにならないことをもどかしがっているようにもみえる。母屋で子之吉の大声を聞いた巳乃吉も、書院の間に入ってきた。そして、昨夜と同じように床を挟んで向きあった。

「ころせぇ、う〜ううん」

前よりも、長く、はっきりした唸り声を上げた。そして、腫れあがった顔をしかめながら、両眼をうっすらと開けた。

「おお、気がついたか。よかった、よかった」

子之吉が声をかけた。若者は要領を得ない表情で眼の玉を左右に動かしている。

「安心せぃ、おまえさんは助かったのだ、悪い奴らはもういない」

「いてて、うう〜う、ここはどこだ」

「動いてはいけません。鬼嵐党に川に投げ込まれたところを、この子之吉さんが助け上げたんだよ」

「すまねえ」

「ここは、おまえさんをいっしょに助けたこのお方のお屋敷だ。心配はいらない」

子之吉は、眼で巳乃吉を指し示した。

「安心してゆっくりお眠りなさいな。あとで朝餉を差し上げますから」

「すまねえ」

若者は安心したのか、また深い眠りについた。閉じた眼に泪らしいものがにじんだが、それがほんとうに泪であるのか、目のなかの水っ気なのか、子之吉には判然としなかった。

若者は夕刻まで眠った。夕餉をいくらか口にした。まだ口内が痛くて、思うように食べ物をとれなかった。若者が眼を覚ましたことを知らせに、お豊が隣へ走った。順庵がまた昨夜とおなじように薬箱を抱えて書院の間に入ってきた。

怪我人が痛い、痛いとうめくのを尻目に、

「そりゃあ、これだけやられれば痛いわな」

とつぶやいて、粛々と処方をした。そして、さも感心そうに付け加えた。

「幸い大きな骨は折れてはいないようだ。痩せっぽっちだが、ずいぶん頑丈にできてるな」

順庵は、昨夜と同様、処置を終わるとさっさと書院の間をあとにした。玄関先で、送りに出たお豊に、あとで新しい調合薬をとりに来るように告げたとき、

「お豊さんのための、恋の薬もいっしょに渡すからね」

と軽口をたたいたので、お豊にまた尻をひとつはたかれてしまった。

若者はそれから二日二晩寝込んだままであった。寝込んでいる間、そばについた子之吉が、なにを聞いても気のない返事をするだけで、取り付く島がなかった。ただ、名は、伊助、とだけ答えた。

子之吉は折角、巳乃吉の弟子になれたのに、伊助の看病で門付けに出られないことが、残念でしょうがなかった。だが、どうせ月の出がおそくなる時期だからと、自らをなぐさめ、いまは伊助の看病が一番、と割り切った。その分、病人の枕元ではあったが、三味線と唄の稽古は欠かさなかった。また、そんななか、稽古に通ってきた娘達の、明るく華やいだ笑い声が、床に臥したままの伊助の耳にも届いていたひとときもあったが、伊助はなんの反応も示さなかった。

伊助がこの屋敷に運び込まれてから四日目に入った。雨である。季節が逆もどりしたような、やや冷たい雨である。雨だれの音が書院の間をかこみ、心地よい落ち着いた拍子を打っていた。

この日、朝五ツ（午前八時）の鐘が崖の上から聞こえてきたとき、伊助は、起きたい、と言い、子之吉の助けを借り、顔をしかめながら半身を起こした。さすが若い者の怪我の快復は早い、と子之吉が感心していると、ちょうどそこへ巳乃吉が入ってきた。

「おや、よかったね、もう大丈夫だね」

「若いだけあって治りが早いや」

伊助は無言でぺこりとひとつ頭を下げた。

「よかったら、すこし、おまえさんのこと話してくれないかい」

巳乃吉が笑いながら問いかけた。伊助はためらっている。

「どこだ、生まれは」

どこの者か、と訊きたかったが、なにか問い詰めるような気もしたので、子之吉はそんな訊き方をした。

「わかんねぇ」

「わかんねえ？　それじゃ、おとっさんやおかっさんは」

「わかんねぇ」

「歳はいくつだ」

「二十三ぐれぇだ」

「ぐらいとはどういうことかな」

「はぐれた、親とは、子供の頃に」

「どこでだ」

「ちょうど、この橋のあたりだ」

「まあ、それはお気の毒に」

巳乃吉が合いを入れ、つづけた。

「このあたり、って言ったわね。すこしくわしく話してくれないかい。いくつのときだい」

「五つか、六つぐらいだと思う。おっとう、おっかあ、妹と四人で村から出てきて、町へ向かっていた」

「なんのために」

「わかんねぇ」

「それで、どうした」

「妹とこの川原で遊んでいたら、土手の向こうでおっかあの呼ぶ声がした。妹がもどっていった。おいらはまだ遊びたくて川原に残っていた。そうしたら土手の向こうで妹の、叫び声がした。急いで土手をかけのぼったが、もうどこにも三人の姿は見えんかった」

「そうだったのかい、ちいさな妹さんも」

「どうせ、いま頃、女郎にでもなってるだろうよ」

「そういうことを言うもんじゃない。妹の幸せを願うものだ」

子之吉は、伊助のすさんだ心から吐き出した、なげやりな言葉をたしなめた。

「そのほか、なにかおぼえていないのか」

「菊がいっぱい咲いとった川原の土手のことしか、はっきりとはおぼえてねぇ」

「それからどうした」

「オイラはきっと、大人たちによって、お小屋へ連れられていかれたんだろうよ。物心がついたときには、川上にあるお小屋で育てられていた。その間の記憶はねぇ」

「そうだったのか、それでいままでどうしていた」

「いろんなことをやったさ。言えねぇこともたくさんある」

「言えないこともかい」

巳乃吉が復唱した。

「勘ちがいしねぇでくれ。盗みや脅しはやったが、殺しはしてねぇ」

「そうかい、よく話してくれた。ありがとうよ」

「しばらく、ここで養生なさい。あとのことは、それから考えればいいんですから」

巳乃吉は、子之吉が現れたのが、夫・久悦の祥月命日であったし、伊助の現れたのは、弁天さまへお参りの帰りであり、しかも、伊助が幼い頃に親と離ればなれになった場所が、自分の屋敷あたりであると聞いて、かくなるべくめぐりあわせと、すべてを受け入れることにした。

――伊助一人ぐらいは、なんとでもなる。なんとかしてあげなくちゃ。

幸い、あれ以来、後藤新三郎から、月々、橘風堂の菓子折りとともに、それなりの金子が家人によって届けられている。

それから数日して、伊助の顔の腫れもひきはじめ、もう厠までの廊下をひとりで行き来できるまでに快復した。だが、肋骨のどこかに罅《ひび》が入っているのか、ときおり胸を押え、顔をしかめた。整いはじめた伊助の顔を、あらためて見ると、首から上は、身体の割には小振りで細面である。やや太めの眉の下で、切れ上がった両眼が精気なく居座っている。世間の底流を、這うように生きてきた者にありがちな、鋭角的な翳りを漂わせているが、意外と鼻筋は通り、口元はしっかり結んでいる。

さて、その頃になると、月がずいぶん欠けてしまい、子之吉は門付けに出れなくなり、おのずと屋敷内での生活を余儀なくされてしまった。これまで、芸の稽古七分、読書三分ぐらいの割合であったが、伊助と同部屋での共同生活ともなると、そうもいかなかった。寡黙な伊助は、子之吉から話しかけられないかぎり、口を開こうとはせず、もて余した身体を投げ出すように、書院の間の片隅にその長身を横たわらせていた。そうなるといくら気にしないようにと思っても、読書への集中力は途切れ、ひとたび書物を開けても、間もなく閉じてしまうという具合になってしまった。稽古もおなじようなものである。共同生活に慣れるまでには、しばらく時間が必要なようである。

あるとき、子之吉は稽古の手をとめて、あくびの止まらない伊助にたずねた。

「どうだい、おまえさんも、唄でもやってみないかい」

「いままで唄ったことなど一度もねぇ」

そっけない返事である。

「なに、わたしも、謡曲のほかは唄ったことなどなかった。わたしのまねをして、はじめは小声でいいから」

気に入らないのか返事がない。困ったもんだと子之吉は頭を抱えた。なんとかせねばならぬ、と考えたが、妙案が浮かばない。歩けるようになったので、庭に連れだし、案内した。だが、樹木や花には、まったく気のない様子だ。夕刻には、川べりにも連れだした。これもうまくいかない。いっこうに若者らしい覇気が見えてこない。子之吉は伊助をおっぽりだして、一日でも早く門付けにまわりたくなり、いまだ明かりのすくない暗い空を、恨めしく見上げた。

そんなある晩、妙案がひらめいた。一緒に門付けに出てみようという案である。この伊助に提燈をもたせればいい。子之吉はなぜこんな妙案が、もっと早く思いつかなかったのかと悔しがった。伊助はなにも言わずしたがった。まんざらでもない様子である。やはり若者である。庭や川辺よりも街の方に惹かれるのであろう。

子之吉は、これまでの経験から、どの時刻が門付けにとって、最適であるか知り得ていた。これからは、伊助のもつ提燈のおかげで、お月さまの出具合や照り具合を心配せずとも、自在に動けるのであるから、都合の好いことはこのうえない。この妙案に気がつくと、この無愛想で無用の長物としか思えなかった若者が、愛おしくなった。そして、よくぞここへ来てくれたものだ、と心から感謝したい気持ちになった。そして、そのことを夜道で歩きながら、直接、伊助に言った。そのとき伊助は、はにかみながらニヤリと笑った。子之吉は伊助の笑った顔をはじめて見た。

門付けが再開されると、これまでとちがい、提燈で足元を照らしてくれる伊助には、ずいぶん助かったが、あるとき厄介なことが生じた。ある大店の屋敷の裏口で、金子を渡された折のことである。このとき現れたお内儀から珍しく声がかかった。

「おや、今夜はお弟子さんとごいっしょですか」

「へい、まだ弟子ってことではございませんが、いずれは」

「そう、ようございましたわね」

思わず伊助の方へ半身となりながら、とっさに飛び出した言葉だった。そして、身を元にもどしたときには、もうお内儀は笑みを残し、戸を閉めながら、内に消えるところだった。伊助の方を見ていたのは、ちょっとの間と思えたが、実際はそうでもなかったようである。というのも、そのときの伊助の態度に、しばし、あっけにとられていたからである。

「伊助、金子をいただいて、お声をかけていただいたときには、ありがたく感謝し、せめて蹲踞《そんきょ》の姿勢をとるものだ。ただ黙って突っ立っているだけじゃ、相手様にご無礼だ。いいかね。これからはたのむよ」

「お武芸さまじゃあるめえし」

「蹲踞がいやかい。それなら、ともかく腰を曲げて、頭を低くするってのはどうだい」

「やってみよう」

案外、素直なところがある。子之吉も頭ごなしはやめにした。明日から提燈を放り投げられ、折角の灯りが消されてしまってはかなわない。こんなときはいつも、大人の方から折れるよりほかはない。

そんな伊助ではあったが、日を追うごとに、目の色や態度が変わりはじめてきているのを、子之吉はしっかりと感じていた。芸をして金子をいただくことが、どういうことか、また、その喜びが、わかりかけてきたのだろうと推察した。

伊助からすれば、じつはそのとおりであった。提燈をもっているだけで、いくらか分け前の金子がいただける。それに、数日前、お豊が伊助にちらっと漏らしたのを聞いて、はじめて、子之吉も巳乃吉に助けられた男のひとりであると知った。その居候の先輩であり、かつ元は侍である子之吉が、なんとか金子を得ようと、一生懸命、夜の町を流している。その姿を目の当たりにし、ひるがえって、己の態度をかえりみる気持ちが、伊助の心のなかに芽生えてきたのである。そんな伊助に、子之吉は、帰路、橋を渡りながらいろんなことを言い聞かせた。

「まず一番目に、なにがあっても、なにが起ころうとも、門付けのあいだは、怒りを収めること。二番目に、どんな金子であろうとも、誰からいただこうとも、少なかろうと多かろうと、汚れていようと清かろうと、ありがたく拝受すること。金子には罪はない。そして、最後に、いただいた金子は、決して、粗末に扱ってはならない。なにごとも、大切にしたものから、のちのち大切にされるものであるから」

門付けをはじめたいと申し出たとき、承諾とともに、巳乃吉から釘を刺されたあの言葉である。この肝心のことは、一句たがわず、ゆっくりと伊助に伝授した。

伊助との同行は、雨の日をのぞき、十日ほどつづいた。梅雨に入ったらしい。長雨がきた。春先から、先を争って枝を伸ばそうと、黄緑、緑、深緑と萌えたぎり、躍動してきた庭の木々が、ひととき身体を休めるかのように、深い眠りに入った。庇から滴る雨が、石や土をうがち、その雨音が子守唄となって、初夏の熱気を鎮めている。

そんな折、伊助がひそかに唄の稽古をはじめた。とても唄といえるようなものではないが、小さな声を出している。子之吉は書物の文字から目を離し、伊助の方を見ないようにしながら、そっと耳を傾けた。そんな様子を見抜いてか、伊助が、珍しく、子之吉に声をかけてきた。

「兄さん、オイラの唄を聞いてくれないかい」

文左衛門は、突然、いままで一度も呼ばれたこともない、兄さん、と声をかけられ、くすぐったい気がしたが、そんなことはおくびにも出さず、

「ああ、いいとも、うれしいね。おまえさんの唄を聞けるなんて」

と、すぐに返した。子之吉は、待ちのぞんでいたものが届いたときのようにうれしかった。文机の上の開いていた書物が、音を立てて閉じられた。子之吉は足の甲を軸に、半回転をして伊助の方に身体を向けた。

「じゃ、いくぜ」

伊助が、咽喉を細めて声を絞り出した。ひと節、ふた節、吟じて、(いや、唸って、といった方がよかろう)子之吉の目を見た。

「うん、そこは、こうだな」

子之吉は、伊助が唄おうとしたのは、門付けでよく唄っていた一曲と察して、見本の節をゆっくりと唄った。

「わかったかい」

「やってみるか」

二度三度と教わるうちに、伊助の声はだんだん大きくなっていった。巳乃吉師匠は出稽古で、今日一日、屋敷にはいないことはふたりとも知っていた。こういうときを選んだ伊助の気持ちは、子之吉にもよくわかった。ところが、屋敷には思わぬ伏兵がいた。伊助がここぞとばかりに、いま教わったばかりのさわりの部分を、高らかに唄い、そのまま音階を下げた瞬間、裏の車井戸の脇に積んである桶が、突然くずれ、釣瓶が、井戸の中の水面を鋭くたたく音がした。これは、お豊がこけたにちがいない、と気づいた子之吉は、すぐに襖を開けて廊下に飛び出した。案の定、お豊は土の上に尻餅をついていた。

「どうした、大丈夫か」

「へい、大丈夫です」

「滑ったのか」

「へい、水を汲もうとしたら、急に狼煙が上がって、その狼煙が途中で、ふにゃふにゃとしくじったようで、はい」

「狼煙、見えぬが……、あっ、狼煙ね、その狼煙か、はっはっは」

子之吉は、自分の唄の評価を、最初にお豊に質したとき、唄を狼煙にたとえたのを思い出した。

「そうかい、不意打ちをくらえば、そりゃ驚いたのも無理もあるまい」

子之吉は小声で片目をつぶりながら、お豊に合図を送り、お豊に代わって、車井戸の綱を引いた。立ち上がったお豊の横に、またひとつ、桶が無残にも割れてころがっていた。一方、書院の間では伊助が、いましがた子之吉から直された節の、声の調子を整えようと、外のことにはまったくお構いなしに、膝をたたきながら大声を張り上げていた。

伊助の唄の稽古は三、四日で終えた。うまくいったからではない。うまくいかなかったからである。伊助はもう稽古をたのもうとしなかったし、子之吉もあえて自分から伊助に稽古を促そうとはしなかった。早い話が、見込みがないと、暗黙のうちに相互理解をするに至ったのである。

だが、いまの伊助は諦めなかった。もとの寡黙な伊助にもどって、唄に代わるなにかがないかと、寝ころび、天井を見ながら考えた。怠惰となげやりが身についてしまっている伊助ではあったが、このときばかりは真剣であった。というのも、これまで生きてきたうちで、この屋敷が一番心の安まるところであり、居心地がよいところであることに気づいてきたからである。ここに居れば、これまでとちがって、なにか好いことが起こりそうな予感があった。要するに、伊助にとっては背水の陣であった。なにかの具合でここを追い出されてしまうと、また悪事の世界に入っていきそうな恐怖心があった。そのためには、自分も何かをして認めてもらい、ここに居つづけたかった。

ある日のことであった。梅雨の晴れ間のひととき、子之吉が三味線を抱え、唄の稽古をはじめた。すると突然、伊助が立ち上がった。そして、なんと、曲に合わせて踊りはじめたのである。

子之吉は、一瞬驚いたが、仔細かまわず、そのまま音曲を進めながら、伊助の踊りに見入った。華やかな振りの踊りではないが、長い足と長い腕、手とその先の指が、なめらかに前後左右し、その所作は、ゆっくりとした音曲と妙にとけあい、その姿は、普段の伊助には似合わない大人びたものであり、ときおり、思わぬ優雅ささえ引き出した。腰の落とし方、拍子のとり方もよい。

三題の唄を唄い終えた子之吉が、伊助にたずねた。

「うまいもんだな、どこで覚えたんだね」

「どこってことはない、いま思いついたまま踊ったまでよ」

「いやあ、とてもそうとは思えん」

「まあ、うまいと言われりゃ、おぼえがないでもない。お小屋で子供の頃、笠の舞を覚えさせられたことがある。八つか、九つぐれえのときかなぁ、よくは覚えていないが、うまい、うまいとおだてられて、しじゅう踊らされていたような気がする」

「いやあ、たいしたもんだ。わたしにはそうは踊れない」

子之吉はこの踊りをさらに磨くことを伊助にすすめた。そして、ふたりで門付けに出ようと話を持ちかけた。無論、伊助にも異存はなかった。むしろ望むところであった。

その日のうちから、共同の稽古がはじまった。母屋の方の襖は閉めての稽古であるから、たとえ、巳乃吉たちに子之吉の唄が聞こえたとしても、伊助の踊りの方は知られるはずがない。伊助はときおり、ここはどうしたらよいか、こちらの振り付けの方がよいか、など子之吉にたずねたが、たずねられた子之吉は、そういう方面の美的感覚については、音曲ほど自信がなかった。したがって、子之吉は伊助にとって、好い踊りの師匠とはなり得なかった。

子之吉はまたもや一計を案じた。ある日、巳乃吉に書院の間へのお出ましを願った。ついでにお豊にも声をかけた。ふたりには、閉じられた襖の前の廊下に、並んですわってもらった。やがて、書院の間から子之吉が演じる三味線の音と唄が、廊下に流れ出した。そして、音曲の一番が終わると、おもむろに左方の襖が開いた。廊下から見て奥の方に、子之吉が正座して三味線を奏でている。そして、新たに二番がはじまると、襖の陰から、長い指と長い腕が出てきて、音曲に合わせて動き、つづいて編笠で顔を半分隠した長身の伊助が現れ、全身で踊りだした。ぴんと背筋を伸ばし、三味線の拍子に合わせ、足を前後させ進んでいく。途中、伸ばした手で、もう一方の襖を押し開けると、書院の間が広々とした舞台になった。伊助は、ここぞとばかりに手の指先を伸ばしきり、つづけて、その両腕をしずかに前で上下させ、さらに扇を描き、腕を折り、また伸ばすなど、そんないくつかの動作をくりかえしながら、居間を大きく円を描きながら進んだ。そして、書院の間を二周し、五番の歌詞が終わり、三味線の音が途絶えるとともに、ぴたりと踊りが治まった。

女たちの拍手が、書院の間一帯に鳴り響いた。

「お見事、お見事」

「うめぇもんだ」

「いつ、稽古してたんだい。隅に置けないね、ねぇ、お豊。それにしてもお見事」

「まるで芝居を見てるみてぇだった」

伊助は、正座をしたまま、後ろ首を押さえ、顔を下に向け照れている。踊っているときの堂々とした態度とは、たいへんなちがいだ。しかし、長身の男のそんなところが、女たちには、いっそう可愛く見えたようである。ひときわ拍手が大きくなった。それに反して、伊助は腰を曲げ、ますます小さくなった。

「ところで、お師匠さんにお願いがございます。伊助が、踊りの稽古をつけてくれと、わたしにたのむが、わたしにはとても無理です。是非、手の空いたときにでも、こいつに稽古をつけてもらえませんでしょうか」

「ああ、お安い御用。いいでしょう。昔取った杵柄《きねづか》、ってところでね」

「ありがたいなあ、伊助。お師匠さんは、踊りについても名人だからな」

「ありがてぇ」

「そうとも、よかったなあ」

子之吉は、ぽんと伊助の肩をひとつたたいた。そのとき、あの痩せっぽちだった伊助の肩に、意外にも厚く肉がついているのに気づいた。あの精気を失った若者が、瞬くうちに、立派な若鮎に成長していたことを知り、内心、うれしさを隠せない子之吉であった。

お豊がさかんに、「うめぇもんだ、いいものを見せてもらった」と、くりかえしつぶやきながら母屋へ消えた。その日のうちから、踊りの稽古がはじまったことは言うまでもない。

そろそろ長雨の時季も半ばを過ぎ、犀川では多くの鮎が勢いよく水流を奔っていた。

旅枕

夜来の篠つく雨が、明け方にはぴたりとやんで、てのひらを返したように、からりと霽れ渡った。庭の緑は夏の陽光をうけて、深い眠りから目覚めたように耀きはじめた。一昨日から降りつづいた名残の雨水が、犀川を豊かに潤し、川原や土手下の草を隠し、激しい波音をたて、河口に向かっていた。

朝餉のあと、珍しく、巳乃吉がふたりのいる書院の間に現れた。

「どうですか、今朝のご気分は」

「はい、昨夜が最後の雨でしょう。いよいよ梅雨明けです」

「そうでしょうね。お空を見てると、そんな気がします」

「暑くなりますなあ。こうもひろいと、お庭の水遣りも大変でしょうな」

「子之吉さんは、このお屋敷でのはじめての夏ですね。昨年はときおり橘風堂の長兵衛さんがお手伝いに来てくださいました。でも、長兵衛さんは、今年はもう、……」

「それじゃ、わたしらがやりますよ、なあ伊助」

師匠と弟子は、季節が移り行く一時季の、活気を帯びた庭を眺め、自然の移ろいを味わいながら会話を楽しんでいる。ひとり伊助は会話に入ってこようとしない。だが、それは以前の寡黙な伊助とはあきらかにちがい、そこには、むしろ穏やかな表情を浮かべながら、関心をもってふたりの会話を聞いている若者の姿があった。そして子之吉の問いかけに、「へい」とひとつ小さく返事をした。

「それは助かります。でも、……」

「でも、なんですか」

「実は相談だけどね、旅に出ようかと考えているの」

「どこへですか。……なあに、わたしらのことは気になさらないでください。なんとでもなりますから」

巳乃吉からの突然の申し出に、子之吉は少々気が動転したものの、ここまでお世話になった主人の意思なので、先に気を利かし、自分たちのことは気にしないようにと、まず伝えたかった。

「いいえ、みなさんもごいっしょです。だから相談ですよ」

巳乃吉は悪戯っぽくふたりの顔を見た。まず伊助の目が輝いた。巳乃吉の言葉とともに伊助の様子をうかがった子之吉も、伊助が素早く好意の反応を示したのに気がついた。一呼吸おいて子之吉が応えた。

「わたしにとってはありがたいことです。お師匠さんについていけるなら、なんら異存はございません」

「伊助さんはどうなの」

「異存なし。いずこなりとも」

「そうですか。ありがとう。それではさっそく準備にとりかからなければ」

「で、どこへ」

「そうですね、とりあえず、涼しいところをめざしましょうか。信州、信濃路なんてどうですか」

「ようございますが、いったいなんの目的で」

「そうだったわね。最初に目的を言わなくちゃ。とりあえず旅の一座ってところでしょうか」

「なるほど、わたしたちの芸をできるだけ多くの人に、また、いろいろなお客さんに観てもらいながら、芸を磨いていくという算段ですな」

「お見通しのとおり、どうですか、伊助さん」

「結構なこって」

「一座となりゃお師匠さん、わたし同様、伊助にもなにか好い名をつけてやってください」

「そうですね、それはわたしも考えていました。踊りもすっかり上手になりましたから。ご褒美に、伊助さんのイの字をいただき、威勢のいい、いのししの亥を頭につけて、『亥之吉《いのきち》』ってのはどうですか」

「亥之吉、好い名だ、どうだ伊助、いや亥之吉」

「ありがてえ。お師匠さんの巳に兄さんの子、そしてオイラの亥かい、ぴったりだい、合点だい」

珍しく、伊助が喜びの表情を満面に表した。それもそのはず、これにはわけがあった。伊助という名は、ほんとうに親がつけた名かどうか、これまで怪しげに思って過ごしてきた。それというのも、物心がついたある日、うそかまことか、お小屋へ最初に連れてこられた子供ということで、イの一番の伊をあてられたと、心無い大人から耳打ちされたことがあったからである。そんなこともあって、これまで忸怩たる思いでこの名を背負ってきた。やけっぱちな若者の心は、名前などどうでもいい、と打っちゃってきた。だが、まさに自分がこれまで得られなかったこの世の幸福というものが、すぐにでも訪れてきそうな予兆を感じているこのとき、命の恩人が、自分に似つかわしく、かつ、これまで呼ばれてきた名前の一部を冠した新しい名をつけてくれたのだから、こんなうれしいことはなかった。これこそ、親がつけたほんとうの自分の名であるようにさえ思えた。

「じゃ、決まりですね、では出立は五日後ですよ」

「わかりました」

「合点」

それから急ごしらえの準備がはじまった。とはいっても、男ふたりにはなにもすることはなかった。忙しいのは女ふたりの方である。巳乃吉は、なんとか男ふたりの旅の手形を都合するとともに、お弟子さんたちには夏休みをとらせることとした。お豊は隣の順庵先生が預かることになった。「ひと夏」と伝えられた順庵先生は、「一年でも、二年でも、どうぞ」とだけ笑って言った。またいらぬことを言って、お豊に尻でもはたかれたらたまらないと思ったのかもしれない。だが、その答えぶりからして、喜んでいることはまちがいなかった。お豊も順庵先生のところなら、と安堵した。そして、庭の水遣りは欠かさないと言ってくれた。

子之吉は弟の新三郎に、路銀の一時借用を願い出る書簡をしたためた。だが、路銀を心配する子之吉に、巳乃吉は、茶器などまだ処分できるものが数多く残っているから心配無用、と告げた。

亥之吉は踊り手らしく身なりに注文をつけた。これまで着慣れた法被と股引、黒足袋を希望した。ほかのふたりの身なりは浴衣姿である。そして三人とも浅い編笠を揃えた。三味線は巳乃吉と子之吉の二挺が用意された。かくして、水無月、一日の早朝に三人は金沢を出立した。

旅は日本海に沿って北陸道（加賀街道）を東へ向かった。そのときどきの宿場の辻や、寺社の境内、旅籠の座敷で芸を披露しながら、数日をかけ越後高田の城下にたどり着いた。そこから善光寺に向かう南下の進路をとり、信州、信濃路に入り、次いで、追分宿から西へ、中山道まで足を伸ばすこととした。

旅は、おおむね、つつがなく進んだ。最初の善光寺への道中で戻《もど》り梅雨《づゆ》に遭った。あるときは、青田風が吹き渡る山間の棚田の畦道を通った。またあるときは、雷、大夕立に遭い、大急ぎで大木の陰に隠れ、御堂の古庇に避難した。山の端から虹があがった。炎天の街道に雲の峰、すなわち入道雲がいくつも顔を出した。夏草を踏み、夏木立の間を抜けた。緑陰《りよくいん》に腰掛け、汗をぬぐった。滝の上、泉のほとりでは、仏法僧《ぶつぽうそう》、青葉木菟《あおばずく》、雉子《きじ》、そして数々の山鳥が出迎えてくれた。蝉時雨《せみしぐれ》の森を歩いた。岩魚《いわな》、山女魚《やまめ》が泳ぐ夏の川を渡った。夏蝶が蛍袋の間を舞っていた。灯蛾《ひが》、蚊、蟻、蜘蛛《くも》とも友だちになった。

道中、亥之吉が見事な変身を遂げた。あのはにかみも人見知りも、そして過度の寡黙さえも影をひそめ、粗々しさは残るものの、愛嬌のある独自の客あしらいを自然に身につけた。亥之吉はただただうれしかったのである。いままで味わったことのない家族（この場合、姉と兄だが）というものの温かさを、じかに感じていたからである。今後もこのきょうだいといっしょに暮らしてゆくためには、自分のできることはなんでもやるという覚悟が、これまでの旅の間に、しっかりと亥之吉の腹に根付いていた。すべて、そんな心持ちがなせる業であった。

また、子之吉の三味線と唄の調べが、客に合わせて、知らず識らずのうちに、鄙《ひな》び、くだけた風調に染まってきた。これは旅の途中の旅籠での以下のような会話に影響されているのかもしれない。

それは、午前中の残り雨がようやくやんで、いましがた現れたばかりの烈しい夏の日差しをうけ、背戸の草木が、きらきらと煌めきはじめた、ある昼下がりのことであった。今夜の旅芸人稼業をひかえ、三人は宿でそれぞれの時間を過ごしていた。

子之吉はさかんに新作の稽古をしている。

厚き雲落ち　野はさみだるる　ほんに待たるる　梅雨晴れ間

湯の香草の香　露天のお湯を　浴びるお空に　雲の峰

寝ころんでいた亥之吉が、突然、もっこり起き上がり、子之吉に訴えた。

「兄イ、このまえから思っていたんだが、兄イの唄の歌詞はどうも硬くていけねぇ。たとえば、そうだな、こんなのはどうだい

かわずぴょんぴょん　月見てござる　はねるうさぎを　見てござる

牛に引かれて　婆は善光寺　三味に引かれりゃ　極楽へ

お馬西向きゃ　尾っぽは東　垂《た》れりゃ己《おのれ》の　屁《へ》で揺れる

てな、具合だ」

巳乃吉は思わず吹き出した。

「そりゃ、おもしろいが、わたしには無理だ。亥之吉が唄を覚えたときにしておくれ」

子之吉も笑いをこらえて、まじめに訴える亥之吉に返した。

「そりゃ、こっちが無理ってことよ」

亥之吉が即答した。

「まあ、考えておこう」

と、子之吉の一言でその場はそれで終わったが、その夜、お座敷で突然、亥之吉の提案した二番目の歌詞が、子之吉の口から飛び出し、踊っていた亥之吉の方が驚いて、危うく踊りの手順をまちがえるところだった。ただ、「婆は」とはいかなかった。そこは「ゆく」と改められていた。

さて、小諸宿での前夜の興行を終え、翌日、街道を進む一行が中山道へ入ろうとしたときのことであった。追分宿がその分岐点である。朝方からの日照りで、気温がぐんぐん上がり、さらに蒸し暑さも加わった日中、街道脇の、井戸のほとりで、小休止をしていたとき、突然、師匠と兄弟子のふたりは、亥之吉から思いがけない懇願をうけた。

「お師匠さんに子之吉兄イ、どうか訊いてくだされ。お願いがございます」

「おや、改まってなんだい」

巳乃吉が、ほつれた耳元の髪を櫛で梳《と》かしながら、亥之吉の方にふり向いた。

「なんだい、話を聞こうか」

玉の汗をかいている首根っこを手拭でふきながら、子之吉も亥之吉に対した。それを合図に、投げ出していた長い足を折りたたみ、きちっと正座をした亥之吉が、ふたりに向かって、ぺこりと頭を下げた。

「たいへんお世話になっていて、はなはだ身勝手なお願いですが、しばらく独りになりてぇと思いまして」

「独りに？」

「へい」

「で、どうするつもりだ。また、むかしの伊助にでももどろう、ってんじゃないだろうな」

「めっそうもない」

「よければ、わけを聞かせておくれ」

巳乃吉がおだやかにたずねた。

「へい、ちょいとあの標が目に入りまして」

三叉路の端に、石の道標が建っている。江戸まで三十九里と書いてある。

「まさか、江戸へ」

気づいた子之吉が訊いた。

「へい、その、まさか、で、……」

巳乃吉と子之吉は、互いに目をあわせた。巳乃吉がたずねた。

「いったい、どれくらい、行ってるつもりだい」

「昨日の宿の客の話からすりゃ、おいらの足で、半月もありゃ、見物もかねて、十分かと思います」

「どうしましょう、お師匠さん」

兄弟子が思案顔を師匠に向けた。

「いってらっしゃい、亥之吉。ねえ、いいでしょう、子之吉さん」

巳乃吉は、間髪を入れず即答した。そして、子之吉に同意を求めた。ふられて驚いたのは子之吉である。

「お師匠さんが、そうおっしゃるなら……、わたしも異存はない」

「へい、ありがとうございます」

亥之吉は、手前の土に頭をつけて礼を言った。

「でも、お約束です。かならず無事にもどってくるのですよ」

「へい、かならず。お約束いたします」

頭を上げた亥之吉の目が、きらきらと輝いている。とっさに許可はしたものの、子之吉の心中はおだやかではなかった。若い亥之吉が、華やかな江戸へのぼりたい気持ちは十分にわかる。ここからは、沓掛宿、軽井沢宿と継ぎ、碓氷峠を越え、すこしくだると、もう武蔵野の大平野がひろがる。そして、その先には、いまは盛りの絢爛たる元禄の街がひかえている。若者ならずとも、大いに心が惹かれる。すでに侍を辞めた子之吉である。その気になれば、亥之吉と同行できないこともない。だが、亥之吉はまず開口一番「独りになりたい」とふたりに告げた。その最初の一撃で、同行の申し出は、はかなく打ち消されてしまっている。もっとも、巳乃吉師匠を残して、男のみで峠を越えるわけにはいかない。そこへきて、亥之吉の申し出に、巳乃吉はいとも簡単に承諾を与えてしまった。亥之吉はうれしいだろう。だが、残された自分はどうなるのだ。これから、半月ばかり師匠とふたり旅である。

――いったい、お師匠さんはどんな了見で。

子之吉の頭に、なんだかんだ、どうでもよいようなこと、瑣末なこと、いらぬ妄想などが湧き起こってきた。それからの午後の時間は、快活さを増した亥之吉とは対照的に、子之吉の口数はめっきり減り、さらに宿に着く頃には、いっそう寡黙な子之吉に変わっていた。

亥之吉の突然の申し出に平然と応え、その後も、普段とすこしも変わらない様子で半日を過ごし、いまは衝立《ついたて》の向こうで、不動の眠りに入っている巳乃吉と、いつもの寝言は治まらないものの、もうすっかり熟睡に落ちている亥之吉の脇で、子之吉は、その晩、深夜まで行燈の下にすわった。

明けて、亥之吉の江戸への出立の朝は、すっかり晴れ上がっていた。浅間山がゆったりと白煙を上げている。

出発の準備をはじめた亥之吉に向かって、子之吉が言った。

「亥之吉、これをたのむ。江戸加賀藩邸に常勤されていらっしゃる村木誠之助どのへの、わたしからの書簡だ。永らく返事を書けないでいた。ちょうどよい機会だ。しかとたのんだぞ」

「へい、かならずお届けいたします」

「できるだけ早い方がよい。それに江戸には、いろんな人がいる。書簡を失なわないように気をつけ、江戸に着いたら、まず最初にお訪ねするがよい。誠之助どのが詰めていらっしゃる加賀藩上屋敷は、この街道が、江戸への入り口である板橋宿を過ぎ、日光御成街道、すなわち将軍様が日光権現様に詣でるときにお通いになられる街道と交差するところ、つまり追分だな、その追分付近にあると聞いている。なに、迷ったならば、本郷の加賀さまのお屋敷は、と、たずねれば、知らぬ者はいまい。本郷の加賀さまだぞ。たのむぞ」

「へい、合点です」

子之吉は書簡を、巳乃吉は路銀と善光寺さまのお守りの入った財布を、亥之吉に渡した。

亥之吉は、路銀はなんとかなるからと断ったが、このときのために、これまで小銭をため込んでいたとしても、そんなはした金では喰うものにも困るだろうと、巳乃吉は無理やり亥之吉の懐に押し込んだ。

まもまく三人は、分岐点を示した道標の前に立った。亥之吉が東を背にふたりと向き合った。

「それでは、行ってまいります」

「うん、達者でな」

「兄イたちも達者で」

「亥之吉、かならずもどってくるのですよ」

「へい、かならず。お約束いたします」

亥之吉は、たった一度っきり、ふたりにふり向くと、軽く会釈をして、子之吉の大きな惜別の声にも前を向いたまま、ふり向きもせず、片手を高々と上げて、踊るように先を急いで去っていった。

「薄情な奴だな。二度三度振り返って、顔を見せてもよさそうなものを」

「いいえ、あれでいいのですよ。亥之吉は、かならずもどってくるつもりなんですから。あれが二度三度振り返って顔を見せられたんじゃ、永《なが》のお暇を言われているようで、かえって心配というものですよ」

お師匠さんと自分とでは、いまだに考えの深さが、こうもちがうのかと、子之吉は巳乃吉に感心したり、自分に落胆したりした。そして、このときから、巳乃吉と子之吉のふたり旅がはじまった。

その日以降のふたりの芸は、踊りのない、唄と音曲だけのものとなった。その結果、華やかさが隠れ、なんとなく落ち着いたものになった。だが、かえってぴったりと寄り添い、息のあった成熟した芸風に変じたのを、巳乃吉も子之吉も、口には出さなかったが、うすうす気づいていた。

同時に、裕福な旅人や江戸と国許を往復する武士たちの、憩いの席に招かれることが多くなった。なかには、もとは小藩の藩主で、いまは隠居し、世を忍ぶ仮の姿で俳諧を楽しみながら、諸国を旅している粋な客もいて、ふた晩、ふたりを歓待してくれたこともあった。

そういう宴席でいつも、夫婦であろう、と質されたが、その都度、姉弟ですよ、と答えた。もちろん、まともにうけとってもらえない方が多かったが、たいがい笑いながら、うやむやにことはすんだ。

そして、そんなとき、どんな受け答えが席の和みをくずさずにすむのかも、ふたりはおいおい覚えていった。

亥之吉と別れ、中山道を西に下って四、五日が過ぎた。

「もう、そろそろ亥之吉が江戸に着く頃でしょうか」

「無事に、着いていてくれればいいが」

一日を終えて宿に着くと、ついつい亥之吉のことから会話がはじまるのは、いつものことであった。

「亥之吉も、お師匠さんのお陰で、この旅でずいぶん、大人になりました。江戸で少々羽目ををはずそうとも、めっそうなことはないでしょう」

「そうであればよいのですが。お子を旅立たせた母御さんの気持ちがよくわかります」

知らぬ者が二人の会話を聞けば、きっとほんものの夫婦と勘違いしたであろう。もっとも、長く連れ添ったほんものの夫婦のように、ふたりの間ではほとんど会話の必要がなかった。もちろん、互いにすこしの感情のもつれもなく、ときおり三味線の具合や唄の調子について互いの意見を言いあうやりとりが、他人には、諍《いさか》いといえば諍いに聞こえたかもしれない。

巳乃吉も子之吉も、この旅が気に入っていた。亥之吉に感謝をしたいくらいであった。だが、互いにそのことを口に出すのをひかえていた。もし、口に出したら、亥之吉が可哀相というものだ。言霊《ことだま》がもう二度と亥之吉を、ふたりのもとに返さないかもしれない。期せずしてふたりとも、おなじように考えていたのである。

亥之吉を江戸に送って七日が経った。

この日、亥之吉と約束した旅の期間の中日ということもあって、休息をかね、街道沿いの宿場から二里ほど山に入った温泉郷に宿をとった。宿が三軒並んでいた。巳乃吉たちは一番手前の一番小さな宿屋に荷をおろすこととした。

通されたのは、谷川を見おろす一番奥の部屋で、窓辺からは崖肌に咲いている黒百合が見えた。郷はうっすらと暮れかかり、ひとり、西の空を見上げる子之吉の目に、真っ赤な夕焼けが映っていた。そして、その一端を朱色に染めて輝く金色を下地として、濃紫《こむらさき》の筋雲を重ね、これまで見たこともないような彩雲が、荘厳な光景を描き出していた。

──あれが極楽浄土というものか。

来迎図を想わせる瑞雲の光景は、子之吉に、師匠と共に弁天さまの祠に詣でた帰り道、一時、天女と化した巳乃吉の裸身の幻影を想い起こさせた。

木々に隠れて部屋からは見えないが、崖の下の岩場に、早めの夕食をすませ、先に出で湯《いゆ》へたった巳乃吉が、一人身を沈める露天の岩風呂があるはずである。

──(ブルルッ)いけない、いけない。

夕焼けの最後の光が、山の端に沈んだとき、その巳乃吉が廊下づたいにもどってきた。

「お先に、いただきましたよ。ほんとうにいいお湯だこと」

巳乃吉は、ほつれた後ろ髪を掻き揚げ、白いうなじに手拭をあてて、湯上りの汗をぬぐった。子之吉は、これまで自分があおっていた団扇を巳乃吉にゆずり、立ち上がった。巳乃吉は、ありがとう、と言ってうけとると、左手で衿をひろげて、火照る身体に風を送り込んだ。子之吉は、それを丁度、真上から見ることになった。

「この宿はやけに蚊が多いですよ。蚊遣りの煙だけでは、とてもとても」

いつもなら、手拭は肩に掛けて湯屋に向かう子之吉であったが、このときばかりは、折りたたんだ端をつかみ、扇のようにふり、見えない蚊を払いながら部屋をあとにした。

ひとりになった巳乃吉は、しばらく空を眺めていた。銀色の星がいくつも現れてきた。蚊遣りの煙が団扇の風に追われ、ゆっくりなびき、右に左にただよった。

巳乃吉は、しばらく夜空に横たわる銀漢を眺め、これまでの旅の疲れを癒した。

やがて、廊下で伺いの声がした。巳乃吉がそれに応えると、別の蚊遣りを片手に宿の主人が部屋に入ってきた。

「いかがですか、蚊の具合は。いやあ、今夜はところどころで蚊柱が立ちまして。こんな蚊の多い夜は珍しい。蚊ばかりじゃありませんよ。裏の池の亀がみんな、陸にあがりましてね。ためしに池に追い返したのですが、すぐにまた上がってくる。うちの亀は、この時季の夜、いつも、池に隠れるんですがねえ」

「そうですか。わたくしたちも、夕餉の前にお池をのぞきました。鯉や亀がたくさんいましたわ。そのときは池の中にもいたような気がしましたが」

「そうなんです。それがねえ」

主人は部屋の行燈の灯をたしかめながら、近寄る蚊を払った。

「いやいやこれじゃ、たいへんだ。蚊帳をおもちしましょう。今夜は好い具合にお泊りは二組さまだけですから、蚊帳は十分揃っています」

「そうね、お願いしましょうか」

主人が部屋を去ると、しばらくして、まだ娘ざかりの女中が蚊帳を抱えて入ってきた。そして、蚊帳を畳の上におろし、巳乃吉にお辞儀をすると、すぐさま下がった。だが、まもなく敷布団を二枚担いでもどってきて、部屋の中央にそろえて並べると、次に手際よく蚊帳を吊り、最後にひとつ、巳乃吉にお辞儀をし、無言で出ていってしまった。巳乃吉は女中のなすままに任せ、なにひとつ指図をしなかった。

「おっと、あぶない」

「すみません。旦那さま」

女中は廊下で、風呂上がりの子之吉と鉢合わせたらしい。足音が近づき、子之吉が部屋に現れた。

「おや、蚊帳ですか」

子之吉は、一瞬、当惑の顔を見せた。

「ええ、ご主人が、今夜はとくに蚊が多いからって。なんだか変な夜ですね。いつもはお池の中にいるはずの亀が、みんな陸に上がってるそうですよ」

子之吉は、巳乃吉の方を向き、少し離れてすわると、風呂上りに帳場からもち込んだやや大きめの団扇で、あわただしく首筋あたりをあおった。

「そうですか。わたしも、いっしょに湯に浸かっていた土地の爺さんから聞いた話ですが、森の明神さまの温泉が、昨日から湧き上がらず、こうして借り湯にきているとのことでした」

「あらあら、どうしたことでしょうね。なんだか不安だわ。今夜は早めに床に就きましょう」

巳乃吉は団扇の手をとめると立ち上がり、床からも夜空のきらめく星が見えるように、半分だけ障子を中央に寄せた。そして、腰を屈め、蚊帳の裾をすこしもち上げ、近くの蚊が伴をしないように、身をすべらし、蚊帳の内に入った。

時を経て、子之吉は一通り湯上がりの汗が引くと、行燈の灯を落とす前に、部屋の片隅に移動し、二挺の三味線を両手につかみ、そっと、蚊帳の裾から、網の方を向いて寝ている巳乃吉の背、つまり、そろえた二つの敷布団の境に差し込んだ。

だが、子之吉がいかに音を立てないように気を使い、三味線を運んでも、巳乃吉にすぐに気づかれた。

「おや、どうかなされたのですか。三味線などもち込んで。いやですよ、蚊帳の中でお稽古なんて」

臥している身体の首だけくねらせて、子之吉に告げた。

「いえ、いつもの衝立がございませんから。その代わりにと、思いまして」

「いりません。衝立など」

「でも、それじゃ……」

「それじゃ、どうなの」

「いえ……」

子之吉は口に出せない弱いところを、巳乃吉に突かれて、すごすごと三味線を蚊帳からとり出し、太柱の下に二挺並べて置いた。そして、行燈の灯を落とすと、蚊帳の内へすべり込み、巳乃吉と反対側の蚊帳の網に向かい、敷布団のはなっぱしに、緊張の解けない身体を横たえた。

だが、布団を二枚並べたとはいえ、背と背の谷の間は、細い一本の小川が走るほどしかない。子之吉は身体を硬くした。蚊帳の外では一匹の蚊が、耳障りな音を立てている。それが二匹、三匹となった。子之吉は蚊帳の網をつまんで軽くゆすった。すぐに音が聞こえなくなった。だが、じきにまた一匹、鈍い音を立てて近づいてきた。今度は人さし指で蚊帳をそっと弾いた。

しばらくして、眠れそうにない子之吉を察して、巳乃吉が背越しに声を掛けてきた。

「子之吉さん、いまなにをお考えですか」

「いま頃、お豊さんはどうしていますかね」

子之吉は、どう答えたらよいかを考えるゆとりがなかった。ここで口を噤んだり、もたもたしたりすると、痛くない腹を探られかねないと、余計な気をまわした。そこでつい、間髪を入れず、口から出まかせを言った。

「すやすや眠っていることでしょう」

「亥之吉はどうしているでしょうかね」

「おおかた花街へでもくりだしていることでしょう。若い人には、若い人の夜がありますから」

子之吉はどきりとした。巳乃吉が、「若い人」の前に、「大人には大人の夜があるように」を、あえて省いているかのような気がして、子之吉は狼狽し、会話が止まってしまった。巳乃吉の静かな呼吸音が聞こえ、子之吉は息苦しくなった。そして、自分のおさえている呼吸が洩れて、異様な音を出しはしないかなど、起こりそうな粗相を気にしはじめると、冷や汗が流れ、ますます苦しくなってきた。

巳乃吉が寝返りを打った。それが、子之吉にもわかった。子之吉も身体を楽にさせたかったが、もう、どうにも動けなかった。

「ねえ、子之吉さん、眠れないなら、すこし、肩や腰を揉んでちょうだい」

「えっ」

たしか、いま、巳乃吉師匠は、腰、と言った。聞きまちがえではないか。腰といえば、……あの腰である。だが、師匠の指示に従って、我が手を置いて、万が一、聞きまちがえであったら、それこそ、とりかえしがつかない。

「いま、……お腰、とおっしゃいましたか」

「ええ」

短い答えが返ってきた。

満天の星の光に照らされ、かろうじてふたりの身体が見分けられる。子之吉はもう断れなかった。理屈を並べるだけになる。それではまた、巳乃吉の、ぴしゃりと男の邪心を突くかのような言葉が返ってくることはまちがいない。それに……、それよりも……無下に断れない理由がある。弟子といえども、子之吉もれっきとした男である。男の沽券というものがある。この場合の沽券は男というものを辞めるまで、どうにもならない。

子之吉は覚悟を決めた。

「それでは、失礼します」

「ええ」

子之吉は、ひそかに深呼吸をし、やや、声におくれて身を起こし、巳乃吉の方に向き直った。同時に巳乃吉が寝返りを打って、もとの寝姿になった。子之吉のすぐ眼下に、なだらかな、丸い山の稜線が、闇の中に陰を描いている。震える両手を麓のあたりへ添えた。子之吉の手は、ほぼ的を得た。巳乃吉のふくよかな女体が十指に弾んだ。

——これが、妖艶で豊満な巳乃吉の……。

子之吉は恍惚の感を覚えた。手の震えは治まっていた。軽く押してから、ゆっくり揉みほぐしはじめた。巳乃吉は小さな声をひとつ上げた。子之吉は、気づかぬふりをして、つづけて、ゆっくり、ゆったり、と両手の動きをくりかえした。

ひと処を終え、次に移ろうとしたとき、闇の中、宙でふたりの手がふれあった。そして、どちらからともなく手から腕に伸び、深くからみあった。子之吉は巳乃吉の吐息をたよりに顔を近づけた。

外では満天の星が静かに煌《きら》めいている。

と、その瞬間、

ドスン！

と来て、横になったまま一尺ほど飛び上がった。

同時にふたりは空中で抱き合った。そしてそのまま床に、ストン！　と落下した。と、すくなくとも子之吉の方は、そう感じた。

がたがた、ぐらぐら、と揺れが来た。それが、だんだん、大きくなる。

「地震だ！」

子之吉は、無意識に、巳乃吉に覆いかぶさり、しっかりと、巳乃吉の頭を両手で抱え、咽喉元で相手の顔を保護した。巳乃吉は巳乃吉で、上になった子之吉の胴を、精一杯の力で抱きしめ、身をちぢ込まらせた。子之吉は、とっさに、片手で、子之吉の敷布団を引き寄せ、身体に被せた。

障子がはずれ、天井が撓《しな》い、メキメキと音をたてて割れはじめた。

濛々たるほこりが落ちてきて、あたりに舞った。蚊帳の二方の吊り手がはずれ、おくれて三方目がはずれた。まるで大魚を仕留めた魚網のように、蚊帳が子之吉たちを捕らえた。天井がくずれてくる。壁がこわれてくる。ほこりと塵のなかで、多くの木片を、被せた布団の上にうけた。

ふたりは揺れが収まるまで、しばらく、抱き合っているよりしょうがなかった。

一端、揺れが収まった。

頬を寄せ合ったたまま、ふたりは闇のなかで眼を開いた。

「大丈夫ですか。お師匠さん、お怪我は」

「ええ、わたくしは大丈夫です。子之吉さんは」

「なんともありません」

蚊帳と布団が緩衝材になって、大きな傷を負うことはまぬかれたらしい。

ときおり余震があった。そのたびに、ふたりは互いに身体を強く寄せ合った。

落下物が収まり、揺れがやや小康状態になると、二人は手をとりあい、蚊帳から脱出した。宿の外やくずれた部屋のあちこちで、男の叫び声、女や子供の泣き声が、闇の中から聴こえてくる。瓦礫を掻き分け、わずかの明かりをたよりに、廊下の跡らしいところを、表に向かって突きすすんだ。子之吉が両手で前方の障害物をとりのぞき、巳乃吉が子之吉の帯や浴衣の裾をたぐりながら、あとにつづいた。

ようやく、宿の入口を出たところで、また、大きな振れがぐらりときた。次の瞬間、宿の屋根が爆音をたててくずれた。間一髪であった。ふたりは運よく難をのがれた。さらに、くずれる音を背に聞きながら、ふたりは、道の向こうの竹薮に飛び込み、身体を隠し、再び、ぴったりと身を寄せ合った。さすがの巳乃吉も小刻みに震えて声も出せない。子之吉は巳乃吉をしっかりと抱きしめたまま、眼を皿にして、あたりをうかがった。

三軒並んでいた宿屋のうち、一番奥の宿屋の一角から火の手が上がった。あたりが明るくなり、おおまかな被災の状況がわかった。子之吉たちの泊まっていた宿屋は、ほぼ全壊、隣の宿屋、すなわち真ん中の宿屋が半壊、そしていま火が上がっている奥の宿屋が、これまた半壊である。

火の手に、正気をとりもどしたのか、いちはやく表に飛び出し無事だった男たちが、声を飛ばしながら消火にかかった。消火といっても、できることは、火がまわりそうな木々の瓦礫を払い、その次に飛び火してくると思われる建物を打ちこわし、できるだけはやく空間を作り、類焼を阻止することだけである。これが消火である。井戸から水を汲み上げて桶で運ぼうにも、人手もなければ、肝心の井戸の在りかさえも判然としない。

子之吉は巳乃吉に、ここを動かぬように告げて、三軒目へ走った。巳乃吉は、燃え上がる火の明かりで、大怪我を負いながらやっと這い出してきた人々が、道端で横たわっているのを見た。手の空いた女たちが、応急の介抱にまわった。巳乃吉もその看護に加わった。泣き声、うめき声がところどころであがった。

火事は一軒を焼き尽くしたものの、わずかな空地が幸いし、延焼はまぬかれた。

やがて、子之吉が消火作業からもどってきて、巳乃吉と合流した。所々に松明《たいまつ》が焚かれた。その後も余震は頻発したが、明かりがもどったせいもあり、大きな泣き声や叫び声は収まり、人心が落ち着きはじめた。子之吉と巳乃吉は、もとの竹林のなかに腰をおろし、身を寄り添い、夜明けを待った。

信濃の山中の夜空は、なにごともなかったように、無数の星が輝き、隙間のないほど埋め尽くしている。ふたりは、突然の災害になすすべもなく、茫然と天を仰いでいた。その後も、大小の余震がいくども襲ってきた。そして、そのつど、崩壊した建物がさらにくずれ、不気味な音を立てた。

闇が徐々に薄れ、稜線に淡い明かりが浮かびはじめた。

夜が明けた。

子之吉の衣服はところどころが裂け、顔はほこりやすすで黒く汚れていた。巳乃吉とて、子之吉ほどでないにしても、被災の程度はあまり変わらなかった。全壊をまぬかれた宿屋の一角で炊き出しがはじまった。薬が見つかり、怪我人たちが安全な場所に寝かされ、応急処置がなされた。

朝の光が郷を包む頃になると、子之吉は、危ないと、とめる巳乃吉をふりきり、瓦礫のなかを、宿屋の奥の部屋へと向かった。

――この時刻ともなれば、もうこれ以上くずれ落ちることはない。

そう判断した子之吉には、どうしても見届けたいものがあった。昨夜から気にかかっていたのだ。

一心不乱に障害物を掻き分けながら前進し、なんとか奥の部屋の前までたどり着くことができた。

瓦礫のなかで、くずれ残った太柱につながれた蚊帳の一部が頭を出している。それを目印に、さらに歩を進めた。丁寧にひとつひとつ、順々に屋根の一部や木屑をとりのぞいた。そして、どうにか太柱の元に近づくことができた。次に細心の注意をはらって木片を分けた。すると、わずかな空間が顔を出した。いっそう注意深く積っている物をよけると、太柱の根元に、寄り添い重なっている、お目当ての大切な二挺の三味線を発見した。一見したところ、ほとんど無傷である。太柱と、一箇所がひっかかったまま残った蚊帳が、防壁となったようだ。

子之吉は、ふり向いて、

「お師匠さん！」

と叫んだが、うずたかく積みあがった瓦礫にさえぎられて、姿が見えないどころか、声も届きそうになかった。子之吉は、そっと三味線をつかみ上げると、比較的安定した場所を見つけ横たえた。そして、さらにあたりを探索し、ふたりの荷を拾い上げた。

一方、表では巳乃吉が、子之吉が怪我もなくもどってこられることを祈りつづけていた。どれほど経ったであろうか。不安に満ちた巳乃吉の目が、突然、瓦礫の山と舞い上がるほこり中を、一歩一歩、こちらに向かってくる子之吉の姿を捕らえた。一歩進むごとに足元から舞い上がる大量の塵が、瓦礫に足をとられて傾く子之吉の身体を、半ば隠した。

三味線を二挺担いでいる。空いた手で包みをふたつ抱えている。そんな子之吉が、巳乃吉には、いつもよりずいぶん大きく見えた。

「文左衛門さま！」

巳乃吉は、思わず、子之吉の昔の名前を呼んでしまった。弟子としてではなく、凛とした侍として崇めたい気持ちを抑え切れず、口をついて出てしまったのである。だがすぐに、本人が折角忘れているのにそれはいけない、と気づき、

「子之吉さん、お手柄、お手柄！」

と、大声で叫んだ。

巳乃吉は、使い慣れた三味線をその胸に抱きしめた。

街道への道は、土砂くずれで塞がれてしまったので、この温泉場で二日ばかり足止めを喰った。だが、復興のめどが立たず、三日目には谷川に沿って下ることに決めた。川原の石の上を、ときには膝の上まで水に浸かりながら、ひたすら歩いて街道に出た。街道では、地震の被害がところどころで顔を出していた。一部、大きな損壊をうけた脇本陣の普請が、もうはじまっていた。千曲川のたもとでは、番屋のこわれた箇所の修繕がはじまろうとしていた。頭や腕に白布を巻いた旅人にも遇った。大樹の根元や岩場の陰、崩れ遺った御堂の庇を借りながらの野宿で、それでもどうにか、追分宿には、亥之吉との約束の日の前日に入ることができた。

巳乃吉と子之吉は、その日、旅籠の奥の一間で、ふたりだけの最後の夜を過ごした。

約束の日は、亥之吉の旅立ちの日とおなじく、朝から晴れ渡り、浅間山が白煙を夏空にたなびかせていた。約束の時刻は正午である。だが、巳乃吉たちはずいぶん早い時刻から、街道を東から宿場に寄せてくる、はるかかなたの旅人を、しっかりと見通せる格好の場所に陣取り、亥之吉を待った。

お日様がほぼ真上に昇った。そのお日様に向かって真直ぐに伸びる立葵の花が、巳乃吉や子之吉に

向かい、そして江戸に向かい、白や薄紅の大形の花をひろげていた。

はるか街道の先に目をやると、真昼の灼熱の日をあび、日盛りの道に立ちのぼる透明の炎が、陽炎のようにゆらゆら揺れて見える。いくども、地平線から旅人が現れては近づき、宿場に吸い込まれていった。また、東へ向かう旅人の背が、だんだん小さくなり、やがて、まぼろしの陽炎のなかへと消えていった。

一陣の風が吹いた。

遠く炎天の下、細い人影が浮かび上がった。見るみるうちに、丈が高くなり、走るように宿場に近づいてきた。見慣れた長い手足に、巳乃吉と子之吉は顔を見合わせ、うなずきあった。まちがいなく亥之吉である。

颯爽と現れた、と言いたいところだが、そうはいかない。途中までは、たしかに颯爽であったが、ふたりを見つけ、近づくにつれ、足元が覚束なくなった。息を切らせ、長身をくねらせ、いまにも倒れそうである。

「亥之吉、ここだ、ここだ」

たまらず、子之吉が抱えに走った。

「ただいま、もどりまして」

「おお、よくもどってくれた。大丈夫か」

「へい、ごらんのとおり」

と応えながらも、激しく息を弾ませている。

「つつがなくてなによりです。安心しました」

巳乃吉も肩を貸した。

「お師匠さんたちも、よくご無事で」

「このとおりだ」

「ふうう、よかった」

亥之吉が木陰に倒れこんだ。息がいまにも止まりそうだ。

「お水を、お水を」

子之吉が亥之吉に水筒の水を飲ませた。しばらくして、亥之吉は生気をとりもどした。

「途中で、大きな地震があったと、耳にしまして、おくれちゃいけねえと、すっ飛んできたってわけで」

そこまで話すのがやっとであった。

「そうかい、あぶなかったけど、怪我もなく、こうして、ここにこられました」

「江戸の話はあとでゆっくり聞こうというもんだ。ともかくしばらく休むがよい」

亥之吉は、はあ、はあ、と呼吸を整えている。そんな苦しみの中で、亥之吉は荷をほどき、一通の書簡と預かり物を、子之吉に手渡した。それは、子之吉が亥之吉に預けた、加賀藩邸の村木誠之助への信書に対する返書類であった。

一度、頭上に押しいただき、書簡を読みはじめた子之吉は、途中からふたりに背を向けた。巳乃吉は、子之吉が自分たちに見られたくないのは、手紙の中身ではなく、文字を追っている子之吉の顔であることを知った。巳乃吉は、あえてその間、亥之吉に地震の様子を話した。そして、途中で、

「お腹《なか》はどうですか」

と訊いた。

「お師匠さんたちがご無事とわかって、急に腹が減ってきた」

巳乃吉は朝方、宿で用意をした握飯をとり出した。もともと、今日の一日を気長に待つつもりで用意してきたものである。亥之吉は、呼吸が整うと上半身を起こし、やがて握飯を頬張った。

子之吉は手紙を読み終え、目のあたりを手拭でぬぐいつつ、預かり物をたしかめた。まちがいなく金子であった。もとのようにすわり直した子之吉に、亥之吉が告げた。

「兄イ、誠之助様は、実に立派なお方だった。こんなオイラにも直接会ってくださって、江戸の案内の爺さんまでつけてくださった。そのうえ、爺さんの親戚の長屋に居候させてくださって、長屋の夫婦にどうたのんだか知らねえが、お蔭でオイラは大名扱いだった。いくらなんでも、それでは申し訳ないと、二日ばかり、爺さんの仕事の、藩邸のお庭の掃き掃除を手伝った。それが、お庭といっても半端のひろさではない。建物も壮観であれば、お庭も美しい。帰りに、誠之助様にお暇を告げると、路銀までくださった。ありがてえ、もったいねえと言ったら、とても言葉で表せるものではねえ。誠之助様のような知り合いをもつ兄イも、また、見直したっていうものよ」

亥之吉はきわめて元気に、いや、ますます大人びて帰ってきた。これからが楽しみというものだ。師匠と兄弟子は、亥之吉が残りの水を飲み干す間、顔を見合わせ微笑んだ。

故郷《ふるさと》

その日から、三人は金沢への帰路に着いた。越後高田へ、善光寺を経由し、元来た道をくだった。高田は、日本海に沿い、西は加賀へ、東は柏崎へ向かう街道と、中山道、信州・善光寺へ向かう山間の街道の分岐点にあり、また江戸への物産を運搬する通路にもあたっていた。高田で数泊した。贔屓の客がついたからである。子之吉の唄に艶が出てきた。亥之吉の踊りにキレが増し、田舎風から町風になった。心なしか子之吉にはそう見えた。巳乃吉は、亥之吉のてのひらが表裏を返し、首を伸ばしたまま、すこしばかり見返す瞬間に、きっぱりとあかぬけした姿を感じとった。江戸への寄り道も芸の肥やしになったようだ。そんな男ふたりの芸に、もともと洗練された巳乃吉の芸である。三人揃って、芸風に大人味が加わった。円熟味をました一行の芸が玄人にうけたのはまちがいない。高田の贔屓もそんな客のひとりであった。

高田をくだると、あとは日本海沿いに、一路西にのびる北陸道（加賀街道）を歩むことになる。海上に白い浮雲が漂い、ときおり潮風が吹いてくる。暦の上では秋に入ったとはいえ、まだまだ炎天下である。三人は、汗を拭きふき松並木の街道を歩いた。

城下町、糸魚川は松本街道との分岐点であり、旅人で賑わう宿場である。荒磯の難所、親不知《おやしらず》、子不知《こしらず》も無事越え、市振宿に荷を下した翌朝、この街道のもうひとつの難所といわれてきた、加賀藩領地の境関所に向かった。ここには浜番所と岡番所があったが、一行が差し掛った岡番所は、藩主の宿舎、役人の官舎、土蔵、塩倉、牢、刑場、見張所などをそなえ、往来の旅人に警備の厳重さを、どうだ、とばかりに見せつけていた。だが、たいがいの関所がそうであるように、相撲取りと旅芸人は、通常、なんなく通れた。関所役人の前で、相撲取りは一番勝負を、芸人は一曲舞い唄えばそれですんだ。以前、信州へ向かうときも、巳乃吉が三味線で一節唄っただけで、すんなりと通された。

「その方ども、芸人であるか」

「さようであります」

「であれば、本物の芸人であるかどうか閲《けみ》せねばならぬ。まず、名を名乗れ。名じゃや。そののち、それぞれ自前の芸を見せよ。しかるのち、相改《あい》め見届け、難なくば通す」

このときも、三人は、どこの関所でも聞いていたいつもの決まりきった口上を頭上に聞いた。ほどなく子之吉の三味線がおもむろに鳴りだす。やがて、唄がはじまり、巳乃吉と亥之吉の踊りが加わる。

一節、二節と歌詞が進む。子之吉は、境の港の情景を唄うつもりのようだ。挨拶唄である。いつものとおり、一番目にはご当地を褒める詞が入る。

出船入船　港は晴れて　唄う海鳥　波の上　（弥栄《いやさか》さっさ　弥栄さっさ）

二番目は、その日の主賓への賛辞の唄である。

お国とお国　行き交う民を　まるく渡すや　今朝の虹

三番目は、男女の相聞、恋歌である。

浜の夜風よ　この文奪い　主の袂に　吹き入れよ

そして、最後の四番目で、主賓たちの無病息災、繁栄を祈る。

夏の名残の　身を灼《や》く日差し　医王薬師の　護りあれ　（弥栄さっさ　弥栄さっさ）

万雷の拍手が関所の内外から湧きあがった。

関所の門を出て、街道を歩きはじめてまもなく、並んで歩く巳乃吉と子之吉のうしろから、亥之吉の大きな話し声が聞こえてきた。思わずふり向いた二人の目に、亥之吉と言葉を交わしながら歩く二人連れの旅人が飛び込んできた。

一人は僧衣をまとい、頭には宗匠頭巾、胸には頭陀袋をぶら下げ、背には道中笠と風呂敷包みらしいものをかけている。旅慣れた様子は草鞋や足取りからも見てとれる。杖を持つ、その痩身の初老の男の傍らを歩いているのは、弟子らしい。亥之吉が立ち止まった子之吉たちに追いついた。

「知り合いかい」

「いや、坊さんは、俳諧のお師匠さんで、なんでも、春に江戸を発って、みちのくを廻って金沢へ向かう途中だそうだ。江戸って聞いて、つい懐かしくなって」

近寄ってくる二人に、子之吉は軽くおじぎをした。二人も腰を折り、礼を返した。

「たしか、ばしょさんとそらさんだったかな。名前は」

亥之吉がたしかめる。

「はい。先ほど関所では心に深く沁み入るお唄をお聞かせいただきありがとうございます。長旅をしていますが、あれほどのお唄はなかなか聞けません。亥之吉さんからお聞きしましたところ、加州の方々とか」

「ええ、加州城下からまいりました旅芸人です。子之吉と申します。過分なお言葉ありがとうございます。俳諧のお師匠さんと亥之吉から聞きましたが」

「はい、松尾芭蕉と申します。これは同行の曾良です。これから金沢へ向かうところです」

曾良がひとつ頭を下げた。頭を起こし見上げた先に三味線を抱えた巳乃吉がいた。

「巳乃吉と申します」

「芭蕉です、艶やかな踊りはいまも目に焼きついています」

「お恥ずかしいことです。ところで、金沢ではどなたをお訪ねに」

「ひとまず俳諧仲間の小杉一笑どのを訪ねようと思っています」

「一笑さま。茶屋の小杉さまですね。茶屋新七さま」

「そうです。ご存知ですか」

「いいえ、ただ、お会いしたことがございます。わたくし、金沢では御菓子の大店、橘風堂さんへ、御令嬢さまの出稽古に出かけていました。あるとき、御主人の泰州さまのお座敷で三味線を弾いていました折、茶屋新七さまが訪ねてこられたことがございました。その折、泰州さまよりご紹介いただきました。泰州さまは新七さまをご自分の俳諧のお師匠さま、と告げられましたが、新七さまは頭《かぶり》をふって、お仲間、と言い直されました。その折、俳諧のお名前が一笑さまだということを知りました。お珍しいお名前なのではっきりと覚えているのです」

「そうでしたか。ご縁ですな。お達者かな、一笑さんは」

「でも、それ以来お会いしていませんので、なんとも」

「そうですか。金沢でお会いするのが楽しみです」

「あと数日ですね」

芭蕉は、ほんとうに嬉しそうにうなずくと「先を急ぎますので」との言葉を残し一礼し、曾良を従え、松並木を浜風に吹かれながら、とても初老とは思えぬ健脚で去っていった。三人もまた一行の後姿に一礼した。

このとき芭蕉も巳乃吉もまだ知らないことが、去年の冬、金沢で起こっていた。一笑が三十六歳で死去していたのである。

そうとも知らず、金沢に入った芭蕉は、さっそく、一笑に到着を知らせようとして、既にこの世を去ってしまっていたことを初めて知るのである。数日後、芭蕉を迎えて一笑の兄が催した追善会で、芭蕉は『おくのほそ道』に遺した、慟哭の追悼句を詠んだ。

塚も動け我泣く声は秋の風

その日は境宿に泊まることとした。昼の興行を終えたその夜、旅の思い出話などをしながら休んでいると、宿の主人が顔を出した。

「いまほど、あるお宿から、使いの者がこの宿を訪ねてまいりまして、その者が申しますには、その者のお宿に、みなさま方の関所でのお唄や踊りをたいそう気に入られたお方がお泊りだそうで、その方から、是非この荷をその一座の方々に渡してほしいとたのまれた、とのことでございます。手前はなんどもその使いの者に、どなたさまからか、たずねたのですが、贈り主の方から、決して名を伝えてはならぬ、と仰せつかったそうで、とうとう贈り主のお名前も、その者の宿の名前も、聞けずじまいで。へい、まことに申し訳ございません」

心当たりのない小荷物を主人からひきとり、巳乃吉がそっと包みを解いてみると、土地の名産と半紙に包まれた金子が出てきた。さては奇特なお方もいるものだ、と三人は顔を見合わせた。だが、半紙の隅に「てつ」と墨で書かれているのを見つけた子之吉は、すぐさま合点した。関所で三味線を弾き、真直ぐまえを向いた先の部屋の奥に、眼光鋭く控えている関守らしい奉行の顔があった。そのとき、どこかで見たような気がした。だが、これまでまったく気に掛けず、ここまで過ごしてきた。そして、いま半紙の署名を見たとき、それがお城でのあの忌まわしい監禁の夜の見張り、原田鉄之介であったことに気づいた。関所を出た一行を、奉行は、部下のひとりに、ひそかにあとをつけさせたのであろう。

原田鉄之介といい、村木誠之助といい、追放された文左衛門こと子之吉を、陰から支えてくれる人たちがいる。これまで多くの人たちに支えられてきた。ありがたいことだ。子之吉は、心から感謝し、半紙を取り上げ、関所の方角に向かって一礼した。その夜、子之吉は、半紙に簡素な礼状を記し、最後に「ぶん」と銘を入れた。翌朝、宿の主人に関所への遣いをたのみ、この地を出立した。

境関所を無事に越えた一行は、富山にほど近い滑川《なめりかわ》宿で、この旅の最後になるであろう旅籠に入った。帰り着くべき金沢はもう目の前である。

「お師匠さん、ちょいとお話したいことがございまして」

夕餉を終え、窓際で涼んでいる巳乃吉に、正座をした子之吉が声をかけた。

「おや、なんだい、あらたまって。まあ、亥之吉もいっしょかい」

子之吉のうしろで亥之吉も長い脛を折りたたんで神妙にひかえている。

「はい、これは亥之吉とも相談したことなんですが、じつは、お師匠さんのお許しがいただければ、わたしども、金沢へはもどらず、ここから南下して飛騨の方へ向かいたいと思いまして、」

巳乃吉は突然の申し出におどろき、一瞬、返答に詰まった。

「……ふたりでかい」

「はい、お師匠さんはお屋敷のこともございますし、お豊さんもお待ちかねでしょうから、ぜひ、おもどりいただかなければなりません」

「ずいぶん、急な話だね」

「これまで、切り出すのをためらっていましたが、もう今夜をのがしたらできない話となりますので、意を決して。お師匠さんにはずいぶんお世話になり、なんの恩返しもできず心苦しいかぎりでございます。なにとぞお気をわるくなされませぬように」

「いいえ。でも、なんだか淋しいね。もう一度考え直してみる気はありませんか」

「すみません」

子之吉が頭を畳みに擦りつけた。亥之吉もその所作にならった。

「そうかい、そういうことかい。子之吉さんがもう決めたことだとすると、しょうがないね、亥之吉もその方が好いのかい」

「あいすみません。お師匠さんにはいくらお礼をいっても言い切れねえ。オイラの大の恩人だ。ですが、やっぱり、兄イについていきてえ。お師匠さんに甘えていてばかりでは、この先のオイラが心配だ」

「おや殊勝なことを言うね」

巳乃吉は窓の手摺に寄り添い、外に目をやった。互いに次の言葉をさがし、沈黙がつづいた。

——考えてみれば、巳乃吉師匠は旅に出て以来、早朝から、天候の具合や、ふたりの弟子の体調を考慮しながら、その日の予定を組み、夕べには宿を手配し、夜更けには路銀の算用に頭を使い、ときには、その土地の気むずかしい役人や興行を差配する恐い頭《かしら》への挨拶など、ときどきの交渉を一手に引きうけてきた。さらに、日に二度、三度の食事の心配もしなければならない。そんな仕事をこなしながら、俗の世界になじみのない侍上がりの自分と、貧賤《ひんせん》と俗悪の世界から抜け出して間もないため、ところどころに粗暴さが残る若者、亥之吉、この人一倍手の焼ける、それも、芸道では新参のふたりの男の日常を、細かに面倒を見ながら、一ヶ月を超える長旅をしてきた。だが、様々な苦労をおくびにも出さず、起こったことがすべて福音かのように、朗らかに振舞いつづけている。それに忘れてはならないのは、我々男ふたりの行く末だ。金沢へ帰っても、いずれ早いうちに、お屋敷を藩に明け渡さなければならない。巳乃吉さんひとりであれば、またもとのお師匠さんにもどって、なんとか生活していけるだろう。だが、いまでは余分な者がついている。近々、ふたりをなんとかせねばならない。

子之吉はここ数日、何度も心の中でこの思いをくりかえしていた。口には出さないが、そんな心労も、重く背中にのしかかっているはずだ。

巳乃吉が重い口を開いた。

「そうかい。それじゃ、こうしましょう。このままじゃ、名残惜しいっていうもの。この先、飛騨街道に八尾《やつお》というところがありますから、そこまでご一緒しましょう。そして、そこでお別れしましょう」

「はい、そうしていただければ。わたしも嬉しゅうございます」

巳乃吉は、窓の外の月を眺めた。ほんのすこし真ん丸にはいびつな月が浮かんでいる。明日はまぎれもなく満月である。宿の灯がまたひとつ消えた。

翌日の早朝、八尾へ向かう巳乃吉たちは、富山城下の東側を流れる神通川沿いの道を選んだ。最初に川の左岸に沿って上り、途中から神通川と、西側を流れる井田川に挟まれた広い田畑の中を、一直線に八尾宿へと向かう道を採ることとした。

田圃は、刈り入れまえの稲穂が豊かに実っていた。今年は豊作にちがいない。道端のところどころに、石仏、お地蔵さまが立ち、まばゆい日差しのなかで、たえず微笑みかけている。途中から、川風がここちよく吹き渡る井田川の土手沿いを歩いた。

午過ぎには八尾の町が見えはじめた。八尾はその名のとおり、多くの山や谷が、この付近で尽きるところにある。したがって坂の町でもある。古くから蚕種《さんしゅ》、生糸、和紙で栄え、また物資交易市場として繁昌し、いかにも商業の町という雰囲気がある。

尾根の端の、樹木に覆われた丘陵に沿い、ひとところ急流が激しい水音をたてている井田川の右岸は、川に向かって傾斜をつくり、数軒の家屋が顔を出している。

「あれが聞名寺《もんみようじ》ですよ」

と、巳乃吉が指差したかなた前方に、とりわけ大きな屋根を構えた寺院が見えた。立ちどまって眺めている子之吉たちにかまわず、巳乃吉はひとりどんどん歩みを進める。さらに、寺院に向かい坂道を登る巳乃吉の足が一段と速くなった。それゆえ、つづくふたりは、息をはずませながらあとを追いかけなければならなかった。

たどり着いた大きな寺院の門前では、さまざまな品々を並べた市がひらかれ、大勢の参拝客でにぎわっていた。巳乃吉は、店々や人々の間を縫って、品物を手にとったり、まわりの人に話しかけたり、嬉しそうに市を楽しんでいる。その間、子之吉と亥之吉は、これまで歩いてきた道を振り返り、玉のような汗を拭いていた。

しばらくして、ふたりのところへもどってきた巳乃吉は、休む間もなくふたりをうながし、本堂の脇に誘い、芸を強いた。こんな積極的な師匠を見るのははじめてであった。ふたりは師匠が三人揃っての最後の芸を惜しみ、これまでになく力が入っているのだろうと、こころよく応じ、師匠に負けじと芸を披露した。大勢の客が三人をとりまき、唄や踊りに魅入った。

夕刻、井田川を見下ろせる旅宿に荷を下ろした。

大きな満月が昇ってきた。三人揃っての最後の宴がはじまった。

「お師匠さん、この土地にたいそうお詳しい。なにかゆかりでも？」

子之吉は、昼間からずっといぶかっていたことを訊いた。

「ええ、わたしの生まれ育った村がこのすぐ近くですよ。この町へよく連れてきてもらったの。聞名寺の縁日にも……でも、それは八つのときまで。それで、懐かしくて、でも……」

巳乃吉の美しい目は亥之吉に向けられたが、それは一瞬のことで、すぐに静かに傍らの畳に落ちた。子之吉は、その両眼に憂いが漂い、深く沈んでゆくのを見逃さなかった。

巳乃吉の脳裏にはあの日のことが鮮明に映し出されていた。

あの日、村を離れるあの朝、いつものように樹々が藁ぶき屋根の生家を包み、遠くで目覚めの早い鳥が鳴きはじめていた。夜明けを待たず、九歳になったばかりの巳乃吉は、風呂敷包みを一つ背負い戸口に立った。見送る父親は、まだ眠い目を擦りながら巳乃吉を見つめるもう一人の娘の手をとり、何度も巳乃吉のうしろに控える男に頭を下げた。男は、十一屋嘉平といった。各地を巡り歩いている越中富山の商人である。父親とは以前から顔見知りで、ちょくちょく生家を訪れていた。だが、どういう縁や交わりがあったのか、巳乃吉にはいっさい知らされていなかった。母親がまだ生きていたときからそうであった。巳乃吉が七歳のときに母親は他界した。それからは炊事が巳乃吉の仕事となった。さらに一年も経たずに父親が病身となり、炊事のほかに農作業の仕事が加わった。巳乃吉が村を出たあとは、この春七歳になった妹が引き継ぐことになる。嘉平が、巳乃吉を促した。巳乃吉は、父親に向かって、一度だけ、深く長いおじぎをした。そして、嘉平につづいた。数日前から父、妹とは十分別れの言葉を交わしていたこともあったが、村の細道を去ってゆく間、一度も振り返ることはなかった。ただただ、遠くなる嘉平に、くりかえし、娘の行く末をたのむ父親のしゃがれた声を、小さな背中いっぱいに聞いていた。谷間を流れる川の、惜別にも似た瀬音を聞きながら、林間を抜け、八尾の商家が並ぶ道に出た。二人は無言のまま黙々と歩いた。そして、聞名寺の前にさしかかったとき、巳乃吉は、お参りをしたい、と嘉平に乞うた。嘉平はうなずきながら、父親や妹のことは心配しなくてもよい、とだけ告げ、祈る巳乃吉を待った。聞名寺の横の坂を下りはじめた頃から、朝日が昇りはじめ、井田川の堤で、急に辺りを明るくした。陽光が一斉に万物を照らしはじめたようだ。巳乃吉が突然立ち止まった。三歩先をゆく嘉平がそれに気づき、振り返った。巳乃吉が何かの決心をしたように嘉平に背を向けた。その目の先には井田川から迫り上がった八尾の台地が、緑の樹木の中にわずかな家々をのぞかせながら、巳乃吉を見送っていた。井田川の川面は朝の陽光できらきらと照り輝き、光を伴った川風が、台地を大きく包み込んだ陽光と交わり、一幅の故郷の風景を描き出した。生涯忘れないであろう光景が幼い娘の脳裏にしっかり収まると、画布は徐々に滲んでゆき、やがて描かれた物々の輪郭はすべて失われた。そして、再び、嘉平に向き直ったとき、涙は一滴もなく消え失せ、むしろその童顔には微笑みさえ見受けられた。故郷に最後の別れを告げたばかりの娘は、自ら嘉平を促し、歩を先に進めた。

巳乃吉は、そのときのことを淡々とふたりに語った。

「でも……」

巳乃吉が話をつづけた。

嘉平が一度だけ茶屋街の巳乃吉のもとを訪ねてきたことがある。それは名妓との名が立ちはじめた五、六年も後になってからである。そのとき、嘉平は、父親はあれから二年後の秋に他界し、妹は越後・新潟の商家へ奉公に上がった、風の噂によれば幸せな暮らしをしているようだ、とだけ告げた。巳乃吉を安心させるための口実であったかもしれないが、巳乃吉は嘉平に礼を述べた。そして、自ら言い含めるように、信じなければならない、と独白し、神仏に祈った。

「でも、もう、知り合いは誰もいません」

「そうでしたか、それで、」

「そうか、オイラだけじゃないんだ、独りってのは」

亥之吉がほっとしたように呟いた。

「あら嫌だ、急に湿っぽくなって、ごめんなさい。ところで、どうですか、子之吉さん、もうそろそろお酒をいただいたら。わたしもうれしいので久しぶりにいただきますわ」

巳乃吉が子之吉に声をかけた。

「そうしますか、せっかくですから、ありがたく」

注文した徳利が届くと、巳乃吉から子之吉の湯飲みに並々と酒が注がれた。子之吉は、しばらく湯飲みに注がれた酒を見つめていたが、やがて、湯飲みから一度も口を離さず、一気に空けた。

「へぇ〜、兄イも、酒はいけるんだ、てっきり一滴も呑めねえもんだと思っていた」

「どうですか、お味は」

「美味い。実に美味い」

子之吉は、巳乃吉から二杯目を注がれ、それをうけながら笑って答えた。

「子之吉さんも、いろいろありましたからねぇ」

「ええ」

亥之吉がすぐに反応した。

「その、いろいろとはなんですかい。オイラも聞きてぃとは、常々思っていた」

「いやあ、つまんない話だよ。人に聞かせるような立派な話じゃありません。いやあ、実に情けない話だ」

「そんなに情けねえ話かい。いままで兄イの情けねえ姿など見たことがない。いつも、ぴしっとしていて、とても情けねえ話などあるとは思えねぇ」

「いやいや、実に情けない」

「それじゃ、なお聞きてぇ」

亥之吉が徳利をもち、長い腕を伸ばして子之吉の湯飲みに三杯目を並々と注いだ。

子之吉は、それをゆっくり、長々と口にした。

「そうだな、あれは、一年前の秋のことであった。わたしはそのとき村山文左衛門という加賀藩士で、お城のお土蔵番を仰せつかっていた。ある日、それは植木職人が菊の手入れに精を出しているような、よく晴れた、秋にしては珍しい、ぽかぽかと暖かい陽気の日であった。わたしは、庭に面した廊下で、前夜の深酒のため、前任者から引き継いだお土蔵の鍵を、懐に預かったまま居眠りをしてしまった。好い気持ちで居眠りをしているところを同僚に起こされ、目が覚めると、懐に仕舞っておいたはずのお土蔵の大事な鍵がなくなっていた。たいへんなことをしてしまったわけだ。居眠りのまえに、そのあたりを酔いの残ったままふらふら歩いていて落としたものか、居眠りの間に誰かに盗まれたものか、そのとき、それはわからなかった。ともかく、目が覚めたらなくなっていた。それで、そのあと、お土蔵番の同僚総出でそこらじゅうを探しまわった。だが、それでも見つからず、とうとう夕刻、大工を呼んできて錠を打ちこわした。その轟音がいまでも耳の奥に残っている。そんなわけでお役御免の上、婿入り先からも追い出されてしまった。その夜、やぶれかぶれになって、あの世へまいろうとしているところを、あの犀川の大橋の上で、お師匠さんに助けられたというわけだ。実に情けない話だ。どうだ亥之吉、頓馬《とんま》な話だろう、はっはっは」

子之吉は自嘲気味に笑って、じっと話を聞いていた亥之吉の目を見た。

亥之吉が背を伸ばしたまま首をうなだれている。下げた頭がすこしだけ、左右に振れて、咽喉元が上下し、口だけがもぞもぞと動いている。なにか言いたげである。だが、なにか様子が変だ。泣いているのか、怒っているのか、なんともいいようのない怖い顔をしているように見える。

「すまない、間抜けな話で、がっかりしただろうな、亥之吉、勘弁だ」

――いままで、ほんとうの兄のように慕ってくれていた自分の、あまりの情けない話に、さすがの亥之吉もあきれて、怒りが込み上げてきたにちがいない、やはりこんな話などしなければよかった。

と、子之吉は後悔した。

なかなか亥之吉の悔しさと無念さは収まらないようである。

――亥之吉も聞かなきゃよかったと思っているに相違ない。

子之吉はそう読みとった。

子之吉は謝ろうとして、徳利を差し出し、亥之吉の顔をのぞき込んだ。

そのときであった。

突然、亥之吉が立ち上がり、畳の部屋から廊下へ後ずさりした。そして、その場にすわり込み、両手を板敷きにつき、子之吉の方に向かって平身低頭し、苦しそうに、咽喉の奥から言葉を吐き出した。

「ううっ、すまねぇ、兄イ、すまねぇ、勘弁してくれ。うっ……、勘弁してくれ、オイラが悪かった、ううっ、勘弁してくれ、その大事な鍵を盗んだのはこのオイラだ。ほんとうだ、オイラ、あのときの植木職人のひとりだ、兄イが居眠りしていた手前の土の上にころがっていた鍵を、ほんの出来心で盗んでしまった……そのときの侍が兄イだとは、いまのいままで、まったくわからんかった、ううっ、そんな大事になっているとは、知らんかった、すまねぇ、ほんとうにすまねぇ」

亥之吉はそこまで一気に白状すると泪のたまった顔を上げ、言葉をつづけた。

「兄イ、オイラをしょっぴいておくんなさい。縄をかけてくだされ。兄イが元の侍にもどれるなら、オイラはどんな罪でもうけます。お願えです。しょっぴいておくんなさい。縄をかけてくだされ、うっううう……」

あとは、こぼれ落ちる大粒の泪と震える声で、言葉にならない。

子之吉には、亥之吉が吐き出した火のような言葉を、にわかに信じることができなかった。さすがの巳乃吉も、息を呑んで、茫然と事の成り行きを見守るよりほかはない。

――嘘ではないらしい。こんな席で嘘など吐けるはずがない。この男が、この眼前に伏している男が、己の人生を狂わせた男か。それが、あろうことか、溺死寸前のところを助け、これまでなにかと面倒を見てきた男、亥之吉。なんということだ。亥之吉でなければ、即座にたたきのめすところだが。

嗚呼。

子之吉が湯飲みの酒をあおり、亥之吉に訊いた。

「それで鍵はどうしたんだい」

その声は静かに落ち着いていた。

「親方のところへ、お城のお役人が訪ねてきて、鍵のことを訊いていった。それで、この鍵をもっていても売るに売れないし、見つかるとあぶねぇと思って、その晩、犀川の大橋から深いところへ投げ捨てた。……きっと、そんで、オイラも、……捨てたその鍵の崇《たた》りで、オイラは鍵とおんなじように川に放り投げ込まれたんだろう。すまねぇ、勘弁してくれ、う、ううっ。しょっぴいてくだされ」

子之吉は、しばらく目をつむったままであった。「すまねぇ、すまねぇ」とくりかえす亥之吉のしぼり出す声と、井田川の水音だけが静寂な居間を支配した。

子之吉が、やおら立ち上がり、廊下で両手をついたまま頭を下げ、肩を震わせている亥之吉に近づき、片膝を立て、腰を落とした。

「亥之吉、よく白状してくれた。なあに、わたしの情けない話を聞いたとて、黙っていればそれまでだ。そのままほっかむりして知らん顔をしている御仁も多い世だ。それをよく白状してくれた。礼を言うぞ」

子之吉は、内心、憤怒の念で煮えたぎっていたが、ここは、押さえるべきところだ、と大人の面目を保つべく、言葉をとりつくろった。

「めっそうもない。しょっぴいてくだされ」

「いまさら藩に申し出たところでどうなるものでもあるまい。証拠などなにもない。それにもうみんな忘れている。わたしでさえもおまえさんに話をするまですっかり忘れていた。こうして考えてみると、鍵をなくしたお蔭で、大好きな三味線や唄に出会えた。おまえさんにも会えた。お師匠さんにも。こんな楽しい世に、そんな昔のことを思い出す必要などあるものか。亥之吉、隠さないでよく白状してくれた。わたしは、また、じきに忘れるつもりだ。もとはといえば、鍵を落としたわたしの罪だ。落とされた鍵にも、拾った者にもなんの罪もない」

子之吉は、自責の念に耐えられず、土下座をしたまま頭をあげないでいる亥之吉に向かい、哀れみと憎しみがまざった心情を持て余しながら、己の真情と吐き出す言葉との乖離が生み出す抑えきれない寒々しさを感じていた。だが、言い終えたとき、ふと、それまでまったく忘れていた重大なことに気づき、一気に血が頭にのぼった。

「うむ」

子之吉の顔色が変わった。なにかに突かれたように、おのれの胸をえぐる得体の知れぬ一物に、全身が震えた。そして、やっとのことで言葉をつないだ。

「亥之吉、それでもおまえが自分を罪人だと思うなら、それはそれでしょうがない。だが、人を殺めたわけではない。しかし、……このわたしは、このたわけなわたしは、……このことで、事もあろうに大切な友を殺めてしまった。友は、わたしのために濡れ衣を着せられ、汚名をそそぐこともできず、病に臥し、心身ともに苦しみながら命を落としてしまった。わたしが殺めたのも同然だ。さらに、さらにだ、……このわたしは、殺めたうえに、いままでずっと心の隅でその友を恨みつづけてきた。うっ、……わたしがこの世で一番の大悪党だ」

ここまで吐露すると、堪えきれなくなった子之吉は、そのまま立ち上がって、脱兎のごとく宿を抜け、表へ出てしまった。残された巳乃吉と亥之吉は、あっけにとられ、しばらく身動きできずにいた。

宿の外では、いまや、元の侍、文左衛門にもどった子之吉が、金沢の方角である西に向かい、地に伏していた。

「作之進どの、許してくだされ。この文左衛門、今日の今日まで、口に出さねど心の底ではそなたを疑い、恨みつづけておりました。それが今夜、この文左衛門、大馬鹿者であったことが判明しました。なんという浅はか者か、殴ってくだされ、叩いてくだされ、打ってくだされ、……すまぬことをした。身罷《みまか》ったと知りつつ、線香の一本もあげず、墓にも参らず、無礼の数々、どうか、お許しくだされ、……ううっ……」

子之吉は、言葉に詰まり、目から泪があふれ出した。そして、伏せている脳裏に、あの門付けの夜、作之進の妻が子之吉に告げた、「お身体に気をつけられて、またお聞かせくださいとの主人からの言伝てがございました」という短い言葉が、はっきりとよみがえってきた。

「ううっ……、そんな薄情者のこの文左衛門に、あの月夜の晩、作之進どのは自らの窮乏もかえりみず、大枚の小判をくださった、なんという度量のひろいことよ。この文左衛門、負けました。作之進どの、そなたの勝ちじゃ。それがしの学問などなんの役にも立たなかった。そなたの学問こそほんもののの学問じゃ。世間の噂、言いがかりやさげすみに一言の申し開きもせず、そなたはそなたを通した。それこそほんものの学問をした証だ。病魔や世間の罵倒に耐えんと、さぞかし苦しい思いをなされたことであろう。……それにくらべそれがしは、なんとしたことか。これまで恥ずかしくもなく善人面をして生きてきた大悪党だ。許してくだされ、作之進どの……許してくだされ、ううっ……」

子之吉は、立ち上がれなかった。地の土をわしづかみにしたこぶしの上に、大粒の泪がまたひとつふたつと滴り落ちた。

その姿を、宿の庇の下で、巳乃吉と、巳乃吉に支えられ肩を落とした亥之吉が、静かに見つめていた。

「人にはどうにもならないことがあります」

巳乃吉が、亥之吉に話しかけるように口を開いた。

「過ぎ去った時は、二度ともどってきません。こうしていても心の臓の刻みとおなじように刻々と時は流れてゆきます。決して、もどってくれません。だから、みな、とりかえしのつかない過ちに苦しみます。苦しんで、苦しみ抜いて、自分で自分を裁きにかけるよりしょうがありません。でも、その人がどんなに苦しんでいようと誰も代わってあげることはできません。そこからどう抜け出すかは、自分で考えるよりほかありません。ただ、いずれわかってくることがあります。なにがあっても、なにが起こっても、いまこの時を大切にするよりしょうがないということです。前を向いて生きていくことが、なによりも大事ってことです。亥之吉、あなたの踊りが、手をかざして、前へ前へと進むように」

巳乃吉の言葉をうけ、亥之吉がひとつ大きくうなずいた。

亥之吉を残し、巳乃吉は、土の上にひざまずいたまま動かない子之吉のもとへ歩み寄り、声をかけた。

「さあ、もういいでしょう。作之進どのも許してくれていますよ。お侍の文左衛門どのから芸人の子之吉さんにもどって、お部屋でまた楽しく話をつづけましょう。亥之吉といっしょに笑って入るんですよ。なんたって、ひょうきん者の文左さんではありませんか。最後の夜です。悲しいお別れはいやですよ」

巳乃吉のなぐさめに、すこしは心の和らいだ子之吉ではあったが、すぐには立ち上がれなかった。

夜空は満月である。井田川の水流が荒瀬を打つ音にまざって、どこからか尺八の音が聞こえてきた。この宿場町の街道や路地を流しているようだ。ふと、「玄岳どの」と呟いた子之吉の脳裏に、突如、学問所で教わった古い修験者の歌が、浮かび上がってきた。それも、仲斎先生に指されて独唱する作之進の声で。

慈悲の眼《め》に憎しと思ふものあらじ　咎ある者をなほもあはれめ

——おなじ学問所で机を並べて学問に励んだ作之進どのは、最期まで、この大切な慈悲の眼をもっていた。それに反して、自分は、そうではなかった。無実の友を怨恨の眼をもって見つづけてきた。これは自分が一生背負いつづけなければならない大きな罪である。加えて、これから先、鍵を拾って懐に仕舞い込んだ亥之吉を、憎し、憎しと思いつづけることがあれば、さらに罪を重ねることになる。となると自分には永遠に慈悲の眼は訪れない。それでは学問所に通った意味がない。学問をした意味がない。いまこそ、咎ある者である亥之吉を、言葉だけではなく、己の行いを通して、心底から憐《あわ》れみ、いとしみかわいがることこそが、自分のとるべき道だ。そして、そのことがひいては、仲斎先生のご恩に報い、いまは亡き作之進どのへの、一番の供養になるはずだ。ひとりの男をはからずも殺めてしまったが、ひとりの男を生き返らせることができれば、きっと、神仏も許してくれよう。

子之吉の傷ついた心に、次第に新たな思いがひろがってきた。そして、これが正しい道だと心に刻むことができるようになった。

子之吉は立ち上がった。

心は、雨のあとの霽れあがった空の月のように、清々しく鎮まっていた。

ゆっくりと戸口へ歩いてもどり、庇の下でうなだれている亥之吉の腰に腕をまわし、横帯をしっかり握り、引きつけるようにして宿に入れた。

尺八の音が次第に小さくなり、やがて消えた。

小長井玄岳について触れておこう。苦境に立った文左衛門を飄々と励まし、また、もう疎くなってしまったお城の、大切な友人の消息を伝えるなど、子之吉を陰ながら見守ってきたこの男は、もとは若くして要職に就いた才知にたける藩士であった。だが、思うところがあって、ある時、自ら栄進の道を捨て仏道に入り、山裾の禅寺に籠った。しかし、やがて半僧半俗の虚無僧となった。ただの虚無僧ではない。諸国を行脚する加賀藩隠密の一人である。加えて、書き添えて置かなければならないことがある。玄岳は若き文左衛門が通った学問所の師、室生仲斎の高弟であった。したがって、文左衛門の名を師より常日頃聞き及んでいた玄岳にとって、たとえ侍の身分を捨てた者とはいえ、そのまま見捨てては置けない身内の賢弟であった。密命を帯びた旅の途上の八尾の地で、満月の今夜、文左衛門一行とすれ違ったのだが、さすがの玄岳もこの偶然を知らない。それは玄岳の正体などつゆ知らぬ文左衛門とておなじであった。

部屋にもどった巳乃吉は、ふたりを前に、先々の思いを打ち明けられてからこれまでのわずかの間に、自分なりに考えてきたことを、願いを込めて告げた。

「わたしは、いったん金沢へ帰り、お屋敷の整理がつきましたら、きっとここ八尾にもどってきます。ですから、子之吉さんも、亥之吉もいつかはここへもどってきておくれ。旅に出たければまたここから出ればいい。ともかく、わたしのところへもどってきてちょうだい。後生だから、ね、わかりましたね」

「はい、願ってもないことで。なあ亥之吉」

「へい、オイラも異存はねえ。兄イがそう言うなら」

「よかった。安心しましたよ。さあ、子之吉さん、お酒を」

「ありがとうございます。どれ」

「ほら、亥之吉も」

「ありがてぃ」

ふたりが巳乃吉の手元に茶碗の腕を伸ばした。

三人は夜更けまで、ふたたび逢える日に想いをはせ、話に花を咲かせた。話の合間に、子之吉が三味線の伴奏のない唄を独唱した。その声は聴いた者を静かな眠りにいざなう穏やかな声調をおびていた。そしてそれは、金沢の屋敷の書院の間の、襖の陰で唄った、あの、小さく細く、長く、伸ばした、子之吉があみだした独特の調べであった。

春、巳乃吉と橋のたもとで待ち合わせたあのしくじりの夜。悄然と帰宅した文左衛門を待ち受けていた一枝の淡紅色の杏の花が、閉じた瞼にゆっくりとよみがえってきた。子之吉の顔は安らかな微笑に充ち、唄は一段と妙なる調べを醸し出した。

――わたしは、この期に及んでも、ついつい唄を口ずさんでしまう。心から音曲が好きなのだ。ほんとうに好いものを得た。

三人が枕を並べ、旅の最後の床に就いた頃、煌々たる満月のもと、この町を流し終えた尺八の音が、子之吉たちの宿を通りすぎ、坂道をくだり、聞名寺の方へ消えていった。

もし、子之吉が、行燈のもとでその音を聴きつけていたならば、もしや、と思い、きっと宿を飛びだし、そのあとを追ったにちがいない。だがこの夜、子之吉こと文左衛門は、長年の憂悶《ゆうもん》を晴らす美酒に酔った平安たる深い眠りの底で、懐かしい夢としてそれを聴いた。そして尺八の音が消えた頃、巳乃吉師匠や亥之吉の踊りと子之吉の唄が、この土地で延々と受け継がれてゆく嬉しい夢を見た。

町の灯りがすっかり消えた。崖下の井田川はなにもなかったようにいつもと変わらぬ波音をたてつづけていた。

後記

作中の一行が最後にたどり着いた土地、八尾には、現在「風の盆」と称し、初秋の夜、唄と踊りで、感動的な光景を見せる行事がある。この行事の起源については諸説あるようだ。

今春、私はある過去の出来事を調べるため、国会図書館に赴いた。閲覧室の窓の外では、重なりあう若葉が、はちきれんばかりに照りかがやいている午後のひとときであった。

故郷の地方紙、昭和三十三年版に目を通していた私は、偶然、『風の盆・おわら節』と題し、その起源について記載された千字ばかりのコラムを目にした。ここに書かれていた起源説は、

「金沢・加賀藩のお土蔵番を勤める一藩士が、何者かに土蔵の鍵を盗まれ、勤務怠慢の故をもって失職した。そこで、口しのぎのため深編笠に面体を隠し、城下を戸ごとに〝おわらい下さい〟と唄いながら門付けをして歩いた。その後行き着いた八尾で、はからずも鍵盗人をみつけたが、恩讐をはるかかなたに葬り、その地で余生を送り死んでいった」

というものである。つまり、この門付けの唄が「おわら節」の起源になったという説である。

だが、この説は、コラムの掲載から六十年近くを経た現在、人々の口の端に上っている諸説には含まれていない。いわゆる巷に隠れてしまった異聞である。わずかにその痕跡が遺っているとすれば、

「越中おはら節」の名前の由来が「お笑い節」から来ているのではないか、という極めて細い命脈《めいみやく》のみである。

いずれにしても、本稿『霽月記』は、このコラムの説を基に書き起こしている。

念のために書き添えれば、行事の舞台である八尾町（現在は富山市）発刊の『八尾町史』に、

「起源の不明の良さ、否、不明こそ伝統であり、（云々）」

とある。

私は、この寛容で見事な見識に感謝する。

したがって、この物語の基となった起源説も、なにかの拍子に「不明」という大滝の壺の深淵に落ち込んだものの、滝底をぐるぐる巡ったまま決して水面に顔を出すことのできない妖怪のようなものである。よしんば、この物語が表に出たとしても、誰も信じてくれまい。それでよい。

—完—

【著者紹介】

東出　甫国（ひがしで　ほこく）

1948 年　金沢市生まれ。
2010 年　評論『風談　漱石句抄』（毎日ワンズ）
2016 年　小説『守景夕顔』（「北國文華」第 68 号所収）
2017 年　小説『秋燈「松林図屏風」』（「北國文華」第 71 号所収）

霽月記《せいげつき》　──「風《かぜ》の盆《ぼん》・越中《えつちゆう》おわら節《ぶし》」起源異聞《きげんいぶん》──

2017 年 10 月 5 日　第 1 刷発行

著　者 ── 東出《ひがしで》 甫国《ほこく》

発行者 ── 佐藤　聡

発行所 ── 株式会社 郁朋社《いくほうしや》

〒 101-0061　東京都千代田区三崎町 2-20-4
電　話　03（3234）8923（代表）
ＦＡＸ　03（3234）3948
振　替　00160-5-100328

印刷・製本 ── 日本ハイコム株式会社

落丁、乱丁本はお取り替え致します。

郁朋社ホームページアドレス　http://www.ikuhousha.com
この本に関するご意見・ご感想をメールでお寄せいただく際は、
comment@ikuhousha.com までお願い致します。

 ISBN978-4-87302-657-2 C0093